# 罂粟之家

苏童

上海文艺出版社

# 目 录

罂粟之家 ..... 1

十九间房 ..... 76

三盏灯 ..... 118

一九三四年的逃亡 ..... 178

# 罂粟之家

仓房里堆放着犁耙锄头一类的农具，齐齐整整倚在土墙上，就像一排人的形状。那股铁锈味就是从它们身上散出来的。这是我家的仓房，一个幽暗的深不可测的空间。老奶奶的纺车依旧吊在半空中，轱辘与叶片四周结起了细细的蛛网。演义把那架纺车看成一只巨大的蜘蛛，蜘蛛永恒地俯瞰着人的头顶。随着窗户纸上的阳光渐渐淡薄，一切杂物农具都暗淡下去，只剩下模糊的轮廓，你看上去就像一排人的形状。天快黑了。演义的饥饿感再次袭来，他朝门边跑去，拼命把木扉门推推推，他听见两把大锁撞击了一下，门被爹锁得死死的，推不开。

"放我出去。我不偷馍馍吃了！"

演义尖声大叫。演义蹲下去凑着门缝朝外望。大宅里站着一群长工和女佣。他们似乎有一件好事高兴得跟狗一样东嗅西窜的。演义想他们高兴什么呢,演义用拳头砸着门,门疯狂地响着。他看见天空里暮色像铁块一样落下来,落下来。演义害怕天黑,天一黑他就饥肠辘辘,那种饥饿感使演义变成暴躁的幼兽,你听见他的喊声震撼着一九三〇年的刘家大宅。演义摇撼着门喊:

"放我出去。我要吃馍。"

有人朝仓房这边看。演义想他们听见了为什么不来开锁?演义从他们的嘴形上判断他们在骂饿鬼。饿鬼饿鬼早晚要把你们杀了。演义用脑袋撞着门。有个女佣腰上挂了一串钥匙走过来了。两把铁锁落下来了,绛紫色的霞光迎面扑来,演义捂着眼睛摇晃了一下,那是因为光的逆差,你看见演义抓起一根杂木树棍顶在女佣的肚子上。这是他对付他们的习惯(这个动作以后将重复出现)。

"我杀了你。"演义说。

"别闹,大少爷。"女佣边退边说,"快去看你娘生孩子。"

"什么?"

"生孩子。往后你更没用了。"女佣摇着钥匙叮叮当当地逃去,回头对演义笑,"那是陈茂的种呀!"

这一年演义八岁。演义把杂木树棍插在泥地上,然后站在上面,他的核桃般的身体随着树棍摇晃。暮色沉沉压在一顶小葫芦帽上。头顶很疼,饥饿从头顶上缠下来缠满他的身体。演义的耳朵突然颤了一下,他听见娘的屋里传来一声婴儿的啼哭。演义以为是一只猫在娘的屋里叫。

坐在红木方桌前喝酒的两个男人,一个已经老了,一个还很年轻。老的穿白绸子衣裤,脸越喝越红,嘴角挂满腌毛豆的青汁。年轻的坐立不安,腰间挂着的铜唢呐不时撞到桌上。那是长工陈茂,你可以从那把铜唢呐上把他从长工堆里分辨出来。他的一只手抓着酒盅,另一只手始终抚摸在裆部,那是一个极其微妙的动作,内涵丰富却常被人忽略。

"是个男孩,叫沉草。"刘老侠说。

"男孩。恭喜老爷了。"

"你想去看看吗?"

"不知道。"长工陈茂站起身,他朝前走了两步,又往后退一步,他突然意识到问题:老地主是笑着的。老地主的笑对他来说吉凶难卜。陈茂转过脸探询地望着刘老侠。他说:"去不去?"你听不出来他是问刘老侠还是问自己。

"狗!"刘老侠果然大喝一声。他手里的酒盅以迅雷不及掩耳之势砸向陈茂。陈茂看见自己的胸口爬上一块圆形酒渍,仿佛一只油虫在爬。他觉得胸口又热又疼。

"滚回来！"刘老侠说。

陈茂回到桌前时，被刘老侠掴了一巴掌。陈茂没躲，只是感觉到那只油虫爬到他脸上来了。陈茂站着浑身发黏。他看见刘老侠踢翻了桌子椅子，哐啷啷一阵响。刘老侠扼住了陈茂的喉咙，他说："陈茂，一条狗。你说你是我的一条狗。"陈茂的光脚踩在一碗毛豆上，喉咙被卡住含糊地重复："我说你是我的一条狗。""笨蛋，重说。"喉咙被扼得更紧了。陈茂英俊的脸憋得红里发紫。他拼命挣脱开那双虬枝般苍劲的手，喘着粗气说："我说，陈茂是你的一条狗。"

长工陈茂穿过堂屋往外走，经过翠花花的屋子，他闻到翠花花的屋里散发出一种血的腥香混杂女人下体的气味。那些气味使他头晕。陈茂站在大宅的门槛上，朝外面的长工女佣们做了个鬼脸。他用三根手指配合做了一个猥亵动作。那些人在墙角边嘻嘻地笑。陈茂自己也笑，他脱下酒渍斑斑的布衫，放到鼻子下嗅。酒气消失了。他看见自己的铜唢呐在腰上熠熠闪光。他抓起来猛地一吹，他听见自己的铜唢呐发出一种茫然的声音，呜呜呜地响。

陈茂吹着唢呐去下地。那天跟平日一样，陈茂在刘家的罂粟地里锄草，锄完草又睡了一觉。在熹微的晨光中他梦见一个男婴压在头顶上，石头似的撞碎了他的天灵盖。

枫杨树乡村绵延五十里，五十里黑土路上遍布你祖先的足迹。几千年了，土地被人一遍遍垦殖着从贫瘠走向丰厚。你祖先饿殍仙游的景象到三十年代不再出现。三十年代初，枫杨树的一半土地种上了奇怪的植物罂粟，于是水稻与罂粟在不同的季节里成为乡村的标志。外乡人从各方迁徙而来，枫杨树成了你的乡土。

你总会看见地主刘老侠的黑色大宅。你总会听说黑色大宅里的衰荣历史，那是乡村的灵魂使你无法回避，这么多年了人们还在一遍遍地诉说那段历史。

祖父把农舍盖在河左岸的岸坡上，窗户朝向河水，烟囱耸出屋顶，象征着男人和女人组合的家庭。父亲晨出晚归，在水稻与罂粟地里劳作，母亲把鸡鸭猪羊养在屋后的栏厩里，而儿子们吃着稀粥和咸菜，站在河边凝望地主刘老侠的黑色大宅。枫杨树人体格瘦小而灵巧，脸上有一种相似的满足慵懒的神情。一九四九年前，大约有一千名枫杨树人给地主刘老侠种植水稻与罂粟。佃农租地缴粮，刘老侠赁地而沽，成为一种生活定式。在我看来那是一个典型的南方乡村。

祖父告诉孙子，枫杨树富庶是因为那里的人有勤俭持家节衣缩食的乡风。你看见米囤在屋里堆得满满的，米就是发霉长蛆了也是粮食，不要随便吃掉它。我们就着咸菜喝稀粥，每个枫杨树人都这样。地主刘老侠家也这样。祖父强调说，刘老侠家也天天喝稀粥，你看见他的崽子演义了吗？他饿得面黄肌瘦，整天哇哇乱叫，跟你一样。

家谱上记载着演义是刘老侠第五个孩子了。前面四个弃于河中顺水漂去了，他们像鱼似的没有腿与手臂，却有剑形摆尾，他们只能从水上顺流漂去了。演义是荒乱年月中唯一生存下来的孩子。乡间对刘老侠的生殖能力有一种说法，说血气旺极而乱，血乱没有好子孙。这里还含有另一层隐秘的意义。演义是他爹他娘野地媾合的收获，那时候刘家老太爷尚未暴毙，翠花花是他的姨太太，那时候刘老侠的前妻猫眼女人还没有溺死在洗澡的大铁锅里，演义却出世了。

家谱记载演义是个白痴。你看见他像一只刺猬滚来滚去，他用杂木树棍攻击对他永远陌生的人群。他习惯于一边吞食一边说，我饿我杀了你。

你可以发现演义身上因袭着刘家三代前的血液因子。历史上的刘家祖父因为常常处于饥饿状态而练就一副惊人的胃口，一人能吃一头猪。演义的返祖现象让刘家人警醒，他们几乎怀着一种恐惧的心理去夺下演义手里的馍。

很长一段时间里，演义迷恋着一只黑陶瓮。陶瓮有半人高，放在他娘翠花花的床后，床后还有一只红漆便桶，那两种容器放在一起，强烈地刺激他的食欲。演义看见瓮盖上撒着一层细细的炉灶灰，他揭开瓮盖把里面的馍藏在胸口跑出去，一直跑到仓房外的木栅子山上。有人站在那里劈栅子。劈栅子的人是演义的叔叔刘老信。你看见刘家叔侄俩坐在木栅子山上狼吞虎咽的模样，总是百思不得其解。

演义总是把指印留在瓮盖上。演义看见爹拎着鞋追过来，爹抓住他的头发问："今天偷了几块？"演义使劲咽着馍说："没偷，我饿。"演义听见爹的鞋掌响亮地敲击他的头顶。头顶很疼。"今天偷了几块？""不知道。我饿。""你还给谁吃了？""给叔，他也饿。"演义抱住他的头顶，他看见爹从木栅子山上走下去，木栅子散了倒下去一地。爹拎着鞋说："饿鬼，全是饿鬼。刘家迟早败在你们的嘴上。"

坐在木栅子山上的两个人，一个是白痴演义，另一个是他叔叔刘老信。在刘家大宅中，叔侄俩的亲密关系显得奇特而孤独。人们记得刘老信从不与人说话，他只跟木栅子和白痴演义说话，而演义唯有坐在他叔身旁，才表现出正常的智力和语言习惯，那是一种异禀诱发的结果。那时候刘老信已不年轻,脸上长满紫色瘢疤。他坐在木梢子山上显得悲凉而宁静,他对白痴演义叙说着,许多叔侄对话有助你进入刘家历史的多层空间。

"你爹是个强盗。他从小就抢别人的东西。"

"强盗抢人的东西。爹也抢我的馍。"

"你爹害死了我爹,抢了翠花花做你娘。"

"我从娘的胳肢窝里掉下来的。"

"你们一家没个好东西,迟早我要放火,大家都别过。"

"放火能把家烧光吗?"

"能。只要狠,一把火把你们都烧光。"

"把我也烧光吗?"

"对,杂种。我不烧死你,他们也迟早会杀了你。"

"杀了我,我就不饿了。"

在这段历史中,刘老信不是主要人物。我只知道他是早年间闻名枫杨树乡村的浪荡子,他到陌生的都市,妄想踩出土地以外的发财之路,结果一事无成,只染上满身的梅毒大疮。归乡时,刘老信一贫如洗,搭乘的是一只贩盐船。据说左岸的所有土地在十年内像鸽子回窠般地汇入刘老侠的手心,最后刘老侠花十块大洋买下了他弟弟的坟地。那是一块向阳的坡地,刘老侠手持单锹将它夷平,于是所有的地都在河两岸连成一片了。

刘家弟兄间的土地买卖让后人瞠目结舌，后人无法判断功过是非，你要注意的是人间沧桑的歧异之处。刘家兄弟最后一笔买卖是在城里妓院办完的。贩盐船路过枫杨树给刘老侠捎话："刘老信快烂光了，刘老信还有一亩坟茔地可以典卖。"刘老侠赶到城里妓院的时候，他弟弟浑身腐烂，躺在一堆垃圾旁。弟弟说："把我的坟地给你，送我回家吧。"哥哥接过地契说："画个押我们就走。"刘老侠把弟弟溃烂的手指抓过来摁到地契上，没用红泥用的是脓血。刘老侠背着他弟弟找到那只贩盐船后，把他扔上船，一切就结束了，刘家的血系脉络由两支并拢成一支，枫杨树人这样说。他们还说刘老信其实是毁在自己的鸡巴上了，那是刘家人的通病，但是什么东西也毁不了刘老侠，你不知道什么时候就会把檐上的一片瓦、地里的一棵草都卖给刘老侠。

白痴演义记得木栅子山上的叔叔很快就消失了。

第二年，刘老信死于火堆中，上下竟无人知晓。火在木栅子山上燃烧的时候，只有演义是目击者。演义满脸黑烟拖着一个麻袋从仓房那里出来，演义把麻袋放在台阶上对着麻袋呜呜大哭。佃户和女佣们头一次听见演义哭。他们把麻袋上的绳结打开，看见刘老信已经被火烧得焦糊了,僵硬的身体发出木材的清香。他的嘴被半只馍塞住,面目很古怪。演义一边哭一边说:"他饿,我给他吃半只馍,他怎么不咽进去呢?"

他们跑到后院,看见木棚子山已经燃烧掉了一半,谁也不知道火是什么时候烧起来的。没有人看见火就烧起来了。

家谱记载,刘老信死于一九三三年十月初五。

木匠们钉好了一口薄皮棺材,四个长工把刘老信抬到右岸大坟场埋葬。听见风吹动白幡,听见丧号戛然而止,死者入土了。那是一种简陋的丧葬,也是发生在刘家大宅的旷世奇事。所有枫杨树人都知道刘老信纵火未成反被烧死的故事。祖父对孙子说起刘老信的奇死时,最后总是说:

"别去惹刘老侠。你要是放火,自己先把自己烧了。"

诞生于故事开首的婴儿一旦长大将成为核心人物,这在家族史中是不言而喻的。

许多年以后,沉草身穿黑呢制服,手提一口麂皮箱子,从县立中学的台阶上向我们走来。阳光呈丝网状在他英俊白皙的脸上跳跃,那是四十年前的春天,刘沉草风华正茂告别他的学生生涯,心中却忧郁如铁。他走过一片绿草坪,穿过两个打网球的女学生中间,看见一辆旧式马车停在草坪尽头。家里来人了。沉草的脚步滞重起来,他的另一只手在口袋里掏着,掏出一只网球。网球是灰色的,它在草地上滚动着,很快在草丛中消失不见了。有一种挥手自兹去的苍茫感情压在沉草瘦削的双肩上,他缩起肩膀朝那辆马车走。他觉得什么东西在这个下午遁走了,就像那只灰色的网球。沉草一步三回头。他听见爹在喊:"沉草你看什么?回家啦。"沉草说:"那只球不见了。"

爹来接他回家。赶车人是长工陈茂。沉草看见马车上残存着许多干草条子,他知道爹进城时一定捎卖了一车干草。沉草坐在干草上抱住膝盖,他听见爹喊:"陈茂,上路了。"县中的红房子咯咚咚咚地往后退。后来沉草回忆起那天的归途充满了命运的暗示。马车赶上了一条岔路,归家的路途变得多么漫长,爹让他饱览了五百亩田地繁忙的春耕景色。一路上猩红的罂粟花盛开着,黑衣佃户们和稻草人一起朝马车呆望。沉草心烦意乱,听见胶木轮子辘辘地滚过黄土大道。长工陈茂的大草帽把椭圆形阴影投射在车板上。我不知道是什么东西贴着胶木轮子发出神秘的回声。

马车赶上岔路必须经过火牛岭。沉草记得他就是这样头一次见到了姜龙的土匪。在火牛岭半山腰的榉树林子里,有一队骑马的人从树影中驰过。沉草听见那些人粗哑的嗓音像父亲一样呼唤他的名字：

"刘沉草，上山来吧。"

第二天起了雾，丘陵地带被一片白蒙蒙的水汽所湿润，植物庄稼的茎叶散发着温熏的气息。这是枫杨树乡村特有的湿润的早晨，五十里乡土美丽而悲伤。沿河居住的祖孙三代在鸡啼声中同时醒来，他们从村庄出来朝河两岸的罂粟地里走。雾气久久不散，他们凭借耳朵听见地主刘老侠的白绸衣衫在风中飒飒地响，刘老侠和他儿子沉草站在蓑草亭子里。

佃户们说："老爷老了，二少爷回来了。"

沉草面对红色罂粟地和佃户时的表情是迷惘的。沉草缩着肩膀，一只手插在学生装口袋里。那就是我家的罂粟，那就是游离于植物课教程之外的罂粟，它来自父亲的土地却使你脸色苍白就仿佛在噩梦中浮游。田野四处翻腾着罂粟强烈的熏香，沉草发现他站在一块孤岛上，他觉得头晕。罂粟之浪哗然作响着把你推到一块孤岛上，一切都远离你了，唯有那种置人死地的熏香钻入肺腑深处，就这样沉草看见自己瘦弱的身体从孤岛上浮起来了。沉草脸色苍白，抓住他爹的手。沉草说，爹，我浮起来了。

罂粟地里的佃户们亲眼目睹了沉草第一次晕厥的场

面。后来他们对我描述二少爷的身体是多么单薄,二少爷的行为是多么古怪,而我知道那次晕厥是一个悲剧萌芽,它奠定刘家历史的走向。他们告诉我,刘老侠把儿子驮在背上,经过河边的罂粟地。他的口袋里响着一种仙乐般琅琅动听的声音,传说那是一串白金钥匙,只要有了其中任何一把白金钥匙,你就可以打开一座米仓的门,你一辈子都能把肚子吃得饱饱的。

你没有见过枫杨树的蓑草亭子。

蓑草亭子在白雾中显出它的特殊的造型轮廓。男人们把蓑草亭子看成一种男性象征。祖父对孙子说,那是刘老侠年轻时搭建的,风吹不倒雨淋不倒,看见它就想起世间沧桑事。祖父回忆起刘老侠年轻时的多少次风流,地点几乎都在蓑草亭子里。刘老侠狗日的干坏了多少枫杨树女人!他们在月黑风高的夜晚交媾,从不忌讳你的目光。有人在罂粟地埋伏着谛听声音,事后说,你知道刘老侠为什么留不下一颗好种吗?都是那个蓑草亭子。蓑草亭子是自然的虎口,它把什么都吞咽掉了,你走进去走出来,浑身就空空荡荡了。

好多年以后,枫杨树的老人仍然对蓑草亭子念念不忘,他们告诉我刘家祖祖辈辈的男人都长了一条骚鸡巴。

"那么沉草呢?"我说。

"沉草不。"他们想了想说。

沉草在刘氏家族中确实与众不同,这也是必然的。

沉草归家后的头几天在昏睡中度过,当风偶尔停息的时候,罂粟的气味突然消失了,沉草觉得清醒了许多。他从前院走到后院,看见一个蓬头垢面破衣烂衫的人坐在仓房门口,啃咬一块发黑的硬馍。

沉草站住看着演义啃馍。沉草从来不相信演义是他的哥哥,但他知道演义是家中另一个孤独的人。沉草害怕看见他,他从那张粗蛮贪婪的脸上,发现某种低贱的痛苦,它为整整一代枫杨树人所共有,包括他的祖先亲人。但沉草知道那种痛苦与他格格不入,一脉相承的血气到我们这一代就迸裂了。沉草想,他是哥哥,这太奇怪了。

罂粟花的气味突然消失了,阳光就强烈起来,沉草看见演义从台阶上蹦起来,像一个肮脏的球体。沉草看见演义手持杂木树棍朝他扑过来,他想躲闪却力不从心,那根树棍顶在他的小腹上。

"演义你干什么?"

"你在笑话我。"

"没有。我根本不想惹你。"

"你有馍吗?"

"我没有馍。馍在爹那儿你问他要。"

"我饿。给我馍。"

"你不是饿,你是贱。"

"你骂我,我就杀了你。"

沉草看见演义扔掉了杂木树棍,又从腰间掏出一把柴刀。演义挥舞着柴刀。你从他的怒狮般的目光中,可以感受到真正的杀人欲望。沉草一边后退一边凝视着那把柴刀。他不知道演义怎么找到的柴刀。刘家人都知道演义从小就想杀人,爹吩咐大家把刀和利器放在保险的地方,但是你不明白演义手里为什么总有刀或者斧子。刀在演义的手里,使你感受到真正的杀人欲望。沉草一边后退一边猛喝一声:"谁给你的柴刀?"他看见演义愣了愣,演义回头朝仓房那里指,"他们!"

仓房那里有一群长工在舂米。沉草朝那边望,但阳光刺花了眼睛。沉草不想看清他们的脸,一切都使我厌恶。木杵捣米的声音在大宅里响着,你只要细心倾听,就可以分辨出那种仇恨的音色。沉草把手插在衣服口袋里离开后院,他相信种种阴谋正在发生或者将要发生。他们恨这个家里的人,因为你统治了他们。你统治了别人别人就恨你,要消除这种仇恨就要把你的给他,每个人都一样了恨才可能消除。沉草从前在县中的朋友庐方就是这样说的。

罂粟之家　15

庐方说马克思的共产主义思想就是基于这个观点产生的。沉草想那不可能,你到枫杨树去看看就知道了。沉草缩着肩膀往前院走,他听见长工在无始无终地舂米,听见演义在后院喊"娘,给我吃馍"。所有的思想和主义离枫杨树都很遥远,沉草迷惘的是他自己。他自己是怎么回事?沉草走过爹的堂屋,隔着门帘,看见爹正站在凳子上打开一叠红木箱子,白金钥匙的碰撞声在沉草的耳膜上摩擦。沉草的手指伸进耳孔掏着,他记起来那天是月末了,爹照常在堂屋独自清理钱财。沉草想起日后他也会扮演爹的角色,爹将庄严地把那串白金钥匙交给他,那会怎样?他也会像爹一样统治这个家统治所有的枫杨树人吗?他能把爹肩上那座山搬起来吗?

  沉草归家后,被一种虚弱的感觉攫住。他忘了那是第几天,他开始用麻线和竹爿编网球拍子,拍子做好以后又开始做球。他在女佣的布笸箩里抓了一把布条,让她们缝成球形。女佣问,二少爷你玩布娃娃?他说别多嘴,我让你们缝一个网球。球缝好了,像梨子一样大。沉草苦笑着接过那只布球,心里宽慰自己只要能弹起来就行。沉草带着自制的球拍和球走到后院。那里有一块谷场,他看见四月的阳光投射在泥地上,他的影子像一只迷途之鸟。后院无人,只有白痴演义坐在仓房门口的台阶上。沉草朝演义走过去,他把一只拍子伸到演义面前。他想他只能把拍子伸到演义面前,"演义,我们打球。"

他看见演义扔掉手里的馍,一把抓住了那只拍子,他高兴的是演义对网球感兴趣。演义专注地看着他手中的布球。沉草往后跑了几步,摇动手臂在空中抡了几个圆,他听见布球打在麻线上咚的一声飞出去了。

"演义,看那球。"

演义双目圆睁盯着那只布球。演义扔下拍子,矮胖的身子凌空跳起来去抓那只布球。球弹在仓房的墙上又弹到地上,演义嗷嗷叫着去扑球。沉草不明白他想干什么。

"演义,用拍子打别用手抓。"

"馍,给我馍。"

"那不是馍,不能吃。"

沉草喊着看见演义已经把布球塞到嘴里,演义把他的网球当成馍了。他想演义怎么把网球当成馍了?演义嚼不动布球,又把它从嘴里掏出来端详着。演义愤怒地骂了一声,一扬手把布球扔出了院墙。沉草看见那只球在半空中画出一条炽热的白弧,倏地消失不见了。

在枫杨树的家里你打不成网球,永远打不成。沉草蒙住自己的脸蹲下去,他看见谷场被阳光照成了一块白布,白布上沾着一些干草和罂粟叶子。没有风吹,但他又闻见了田野里铺天盖地的罂粟奇香。沉草的拍子几下就折断了,另一只拍子在演义脚下。他走过去抓那只拍子,看见演义穿胶鞋的脚踩在上面,他拍拍演义的脚说:"挪一挪,让我折了它。"演义不动。沉草听见他叽咕了一声:"我杀了你。"他觉得什么沉重的东西在朝他头顶上落,他看见演义手中的柴刀在朝他头顶上落。"白痴!"沉草第一次这样对演义叫,他拼命抓住演义的手腕,但他觉得自己虚弱无力,他抬起腿朝演义的裆下踹了一脚,他觉得那一脚也虚弱无力,但演义却怪叫一声倒下了。柴刀哐啷落地,演义在地上滚着口齿不清地叫着,我杀了你我杀了你。沉草记得那是漫长的一瞬间,他站在白花花的柴刀前发呆,后来他抓起那把柴刀朝演义脸上连砍五刀。他听见自己数数了,连砍五刀。演义的黑血在阳光下喷溅出来时,他砍完了五刀。

　　时隔好久,沉草还在想那是归家第几天发生的事,但无论如何想不起来。他只记得一群长工和女佣先拥进后院,随后爹娘和姐姐也赶来了。他们看见仓房前躺着演义的尸体。不是演义杀我,是我杀了演义。沉草紧握另一只球拍一动不动。他茫然地瞪着演义开花的头颅干呕着。他呕不出来。脚下流满一汪黑红的血。后来沉草呜咽起来,

"我想跟他打球我怎么把他杀了？"沉草记得爹把他抱住了，爹对他说沉草别怕演义要杀你你才把他杀了，这是命。沉草说不是我不知这是怎么回事我怎么把他杀了？沉草记得他被爹紧紧抱着透不过气来，大宅内外一片混乱，他闻见田野里罂粟的熏香无风而来，他看见那种气味集结着穿透他虚弱的身体。

给演义出殡的那天，沉草躺在屋里，一直躺到天黑。爹把门反锁上了。月亮渐渐升高，他听见窗外起风了。风拍打枫杨树乡村的声音充满忧郁和恐惧。沉草把头蒙在被子里，仍然隔不断那夜的风声。他在等待着什么在风声中出现，他真的看见演义血肉模糊站在仓房台阶上，演义一边啃着馍一边对他喊，我杀了你我杀了你。

演义睡了棺材。枫杨树老人告诉我，演义的棺材里堆满了雪白雪白的馍，那是一种实实在在的殉葬，他们说白痴演义应该瞑目了，他的馍再也吃不光了。

猫眼女人已经不复存在，有一天她在大铁锅中洗澡的时候，溺水而死，怀里抱着女婴刘素子。刘素子不怕水，她从水上复活了——那个猫眼女人的后代。她有着春雪般洁白冰冷的皮肤，惊世骇俗，被乡间广为称颂。

人们记得刘素子十八岁被一顶红轿抬出枫杨树，三天后回门，没有再去她的夫家。我们看见她终年蜗居在二院的厢房里，怀抱一只黄猫在打盹，她是个嗜睡的女人，她是爱猫如命的女人。许多个早晨和傍晚，窥视者可以看见刘素子睡在一张陈年竹榻上，而黄猫伏在她髋部的峰线上守卫。窥视者还会发现刘素子奇异的秉性，她一年四季不睡床铺，只睡竹榻。刘素子每年只回夫家三天，除夕红轿去，初三红轿回。年复一年，刘素子的年龄成为一个谜，她的眼睛渐渐地像猫一样发蓝，而皮肤上的雪光越来越寒冷，一颦一笑都是她故世的母亲的翻版。有一个传闻无法证实，说刘素子婚后这么多年还恪守贞洁，依然黄花，说县城布店的驼背老板是个假男人。到底怎么样，要去问刘老侠，但刘老侠不会告诉你。

刘素子一直不剪那条棕黑色长辫，刘素子坐在竹榻上，一旦她爹走进来，她就把黄猫在手里抱着，说："别管我，三百亩地。"只有父女俩互相知道三百亩地的含义。刘老侠把女儿嫁给驼背老板得了三百亩地。刘老侠说闺女你要是不愿出门就住家里，可三百亩地不是耻辱是咱们的光荣，爹没白养你一场。刘素子就笑起来把长辫一圈一圈盘到脖子上，她说，爹，那三百亩地会让水淹没，让雷打散，三百亩地会在你手上沉下去的，你等着吧那也是命。

几十年后，我偶然在枫杨树乡间看到刘素子的一帧照片。照片的边角是被烧焦的。我看见旧日的枫杨树美人身着黑白格子旗袍怀抱黄猫坐在一张竹榻上，她的眉宇间有一种洞穿人世的散淡之情，其眼神和微笑略含死亡气息。那是一位不知名的乡间摄影师的遗作，朴拙而智慧，它使你直接感受了刘素子的真实形象。

　　刘素子的黄猫有一天死在竹榻上。刘素子熟睡中听见猫叫得很急，她以为压着它了，她把猫推到一边，猫就安静了。刘素子醒来发现猫死了，猫是被毒死的。

　　刘素子悲极而泣，她披头散发把死猫抱到她爹屋里。刘素子边哭边在屋里环视着，"翠花花呢？"

　　"你找她干吗？你们又吵架了？"

　　"她毒死了我的猫。"

　　"你怎么知道她毒死了你的猫？"

　　"我知道。我就是睡死了也知道。"

　　"别闹，爹再给你抱一只回来。"

　　"不要你发慈悲，你让她再来吧，别毒猫，毒死我，我知道你们还想毒死我。"

　　刘素子把死猫抱着坐在院子里等翠花花。翠花花却躲着不敢出来。翠花花坐在床后的便桶上，她也在哭。长工们后来透露翠花花把罂粟芯子拌在鱼汤里喂猫，他们亲眼看见的。长工们说刘老侠镇翻了多少枫杨树人，就是管不了家里的两个女人。刘素子和翠花花。

那天夜里，刘素子把死猫葬在翠花花的房前。

第二天，死猫却被从土中掘起来，重归刘素子的竹榻。

你一眼能识破两个女人间的仇恨。那种仇恨浅陋单薄但又无法泯灭。大宅上下的人知道她们一见面就互相吐唾沫。刘老侠用皮带抽打翠花花裸背时，跺着脚说："让你再吐唾沫让你再吐！"翠花花尖声大喊："你让我怎么办，她一见我就骂骚货！"

在刘氏家族中女人就是女人，女人不是揣在男人口袋里就是挂到男人脖子上。枫杨树人对我说，翠花花是个骚货，又说翠花花实际上更可怜，她像皮球一样被刘家的男人传来递去拍来打去。

翠花花的女性形象使我疑惑。她几乎是这段历史的经脉，而所有的男人像拴蚂蚱一样串联起来，在翠花花的经脉上搭起一座座桥，桥总有一侧落在翠花花那头。

我曾经依据这段历史画了一张人物图表，我惊异于图表与女性生殖器的神似之处。

图示：

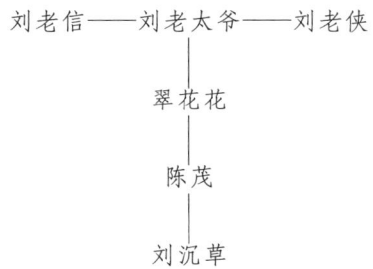

枫杨树人告诉我，翠花花早先是城里的小妓女。那一年，刘老信牵着她的手从枫杨树村子经过时，翠花花还是个浓妆粉黛蹦蹦跳跳的女孩儿。那一年，刘老太爷在大宅里大庆六十诞辰，刘老信掏遍口袋凑不够一份礼钱，就把翠花花送给老子做了份厚礼。他们说翠花花其实是在枫杨树成人的，她一成人刘家的猫眼女人就溺死在洗澡锅里了。

院子里有人拉着驴子转磨。天没亮的时候，转磨声就吱嘎嘎响起来了。拉驴子的人突然吼一声："走，操你个懒驴！"沉草已经熟悉了宅院里杂乱的声音，但拉驴子的人非同寻常，他又浑身发痒了。这是一个奇怪的毛病。他听见那人的声音就浑身发痒。沉草起床拉开窗子，看见一个打赤膊的汉子在晨霭里冒热气。那是陈茂，那是我们家

罂粟之家　23

地位特殊的长工，爹说陈茂是坏种，可爹总是留他在家里惹是生非，沉草想那是爹的奇怪的毛病。

"陈茂，把驴牵走。"

"不行，这是条懒驴，赶不动它。"

"天天拉磨你在磨什么？"

"粉啊。少爷你不懂。吃你家饭就得给你家干活。"

"别磨粉留着吃米吧。"

"米太多了，你家米仓堆不下了。"

沉草拉下窗子。隔着窗纸他感觉到他还在看自己。有一首民谣唱道：陈二毛，翻窗王，昨夜会了三姑娘，今儿又跳大嫂墙。沉草知道他是个乡间采花盗。他不厌恶翻窗跳墙的勾当，他厌恶陈茂注视自己的浑浊痴迷的目光。沉草想起陈茂的目光已经追逐了他多年。他想起小时候走向后院的时候，总是看见陈茂坐在梨树下。小时候后院长着五棵梨树。爹对儿女们说，嘴别馋梨子不是我们吃的，秋后让长工挑到集市上能换五包谷米。沉草记得看守梨树的就是陈茂。陈茂和一条狗一起躺在梨树下，他喜欢用双掌托着我的脸上下摩擦，像铁一样摩擦，"狼崽子，小杂种。"他的嘴里喷出一股粪臭味。沉草奇痒难忍。

陈茂说，你想吃梨子吗？想，你喊我一声我就上树摘给你吃。喊什么？爹。不，你不是爹你是我家的长工。沉草看见陈茂的眼睛迸发出褐色的光芒。他的有粪臭味的双手差点把我的脸夹碎了。你不懂什么是爹，我就是爹。陈茂轻捷如猿爬上梨树，朝他头顶上扔下七只梨子。沉草记得他先啃了一口梨子，梨子是生涩的，他把七只梨子抱在胸前朝爹屋里跑。他其实是想吃梨子的，可不知怎么就跑到了爹屋里。他把梨子全部交给了爹就跑了，一边跑步一边说：

"爹，陈茂给我七只梨。"

沉草记得那天夜里的小小风波。到夜里，陈茂跪在爹的脚下。七只梨子已经发黑了像七个小骷髅横陈在地上。陈茂石板般锋利的脊背在闪闪发亮。那么多汗珠，那是长工们特有的硕大晶莹的汗珠。爹说沉草你过来骑到狗的背上。沉草说狗呢狗在哪里？爹指着陈茂，那就是狗你骑到他背上去。沉草看着地上的梨子发呆。爹说骑呀儿子！沉草骑到陈茂背上，他胯下的肉体颤动了一下。他喊起来，爹，我浑身发痒。爹说沉草你让他叫让他爬。沉草拍拍陈茂说，你叫呀你爬呀。陈茂驮着我往门边爬但是他没有叫。爹大吼，陈二毛你这狗你怎么不叫？陈茂跪在门边不动了，他背上的汗珠烫得沉草浑身发痒。沉草喊，爹啊我浑身发痒。爹喊陈二毛你不叫不准吃饭，陈茂的光头垂下去，重重地磕在地上。我听见他叫了。"汪汪汪。"真的像狗叫。紧接着沉草被掀到地上。陈茂直起腰站在门槛上，他用双掌遮着眼睛。陈茂的嗓子被什么割破了，发出碎裂声。他说："去你娘的，我不干了，不再当你家的狗了。"陈茂仰起脸，沉草看见那张脸在愤怒的时候依然英俊而痴呆。他摇摇晃晃往外走，他看看天空，转过脸对沉草说，"天真黑啊，我要走了。"

沉草奇怪的是陈茂既然走了为什么还要回来？他有力气有女人总能混饱肚子，他为什么还要回来？多少次沉草听见陈茂的铜唢呐声消失了复又出现，看见陈茂满面尘土肩横破席倚在大宅门边，他不知廉耻地抓着肚皮，说："东家，我回来了。"

在早晨的转磨声中，沉草忽然被某个奇怪的画面惊醒了。隔着窗纸，他看见拉驴的陈茂呈现出一条黑狗的虚影，沉草的手指敲打着窗棂，他想也许就是那狗的虚影使我奇痒难忍。沉草再次拉开窗子重新发现陈茂，太阳升起来了，石磨微微发红，他发现陈茂困顿的表情也仿佛太阳地里的狗。

在枫杨树乡村，没有一个男人的性史会比陈茂更加纷繁复杂，更加让人迷惑。陈茂走在村子里，人们都注意他的两样东西，一是他家祖传的铜唢呐，二是他那隐物。

旧日的枫杨树男人都相信陈茂金枪不倒,女人们则在屋檐下议论一个永恒的话题:夜里陈茂又翻了翠花花的窗子。

夜里陈茂又翻了翠花花的窗子。他的心进入黑夜深处像船一样颠簸。在镜子的反光中,他看见自己真实的形象。他的手臂茫然地伸展,撑在翠花花的床上,它们像两只被拔了羽毛的鸡翅膀一样耷拉着。他觉得自己在沉默中一次次亢奋,又一次次萎缩。陈茂蹲在冰凉的踏板上,嘴里充塞着又甜又腥的气味。翠花花像白蛇一样盘曲着吐出淡红的蛇舌,翠花花的手指揪住他的两只耳朵,他的耳朵快掉下来了。

"我要上来。"

"狗。"

陈茂推开女人雪白的肚皮,他站起来,他觉得自己快要吐了。他往地上一口一口吐着唾沫,腹中空空什么也吐不出来。翠花花突然格格笑起来,翠花花抬脚一下子把他踹下了踏板。她说:"滚吧,大公狗。"

地上更凉。陈茂看见翠花花已经裹上了被子,她从枕头下面摸出一只馍吃起来。每次都是这样,陈茂看着翠花花吃馍,他听见自己的肚子里发出响亮的鸣叫。

"给我半只馍。"陈茂说。

"给你。"翠花花掰下半只馍抛给他,"滚吧。"

陈茂嚼着馍,他把裤子挽在腰上跳出窗子,心中充满悲凉和愤怒。他光着脚摸向下房,听见宅院外面有巡夜人经过,竹梆声近了又远了。夜露中饲料堆发出如泣如诉的气味。陈茂想起他的所有日子叠起来就是饲料堆,一些丢在女人们身上,一些丢在刘家的大田里了,这也是生活,他必须照此活下去。

等到成熟的罂粟连花带叶搬进刘家大院,枫杨树的白面作坊就开始生产。如今你走遍南方也见不到这样独特的乡村作坊,从晾晒到磨粉,我们的身边充满紧张而忙碌的收获气息。枫杨树罂粟将被佃户们晒十八次太阳,被花工焙十八次温火,然后筛成灰白的粉面装上贩盐船,你知道贩盐船将把枫杨树罂粟带到许多遥远陌生的地方。

收罂粟的人快要来了。沉草在日记里写道,贩盐船年年来到这里,而我将头一次看见那只船。谁知道枫杨树种植罂粟的历史是从哪一年开始的?那时候你还没出生。爹说这条财路说起来还得谢谢你的鬼叔叔。那时候河东的地是他的。爹说有一天我看见老信的地里长出了猩红夺目的花。我说老信你不好好种庄稼摆弄什么花草。老信说那不是花草那可是最好的庄稼,吃了它不想吃别的庄稼。到底是什么？鸦片。鸦片就是从这花上取出来的。我说你种鸦片干什么？老信说自己抽呀，城里人不吃庄稼就吃这个。"沉草你听着，"爹当时眼睛就亮了，"我走到罂粟地里，摸摸那些大花骨朵，我听见那些鬼花花对着我唱歌，真的，我听见它们唱歌就迷窍了。"

聪明和呆傻的区别就在罂粟地边，你能否听见罂粟的歌唱？沉草在日记里写道。鬼叔叔只精通嘴巴快活鸡巴快活，所以他早夭黄泉。爹的聪明就在于他能听见罂粟的歌唱。爹天生就知道什么东西是金子什么东西是土地的命脉，要不然祖上的八十亩地不会扩展到整个枫杨树乡村，这是爹半辈子的功绩。

你说不清一个人对某种植物与生俱来的恐惧。在收获罂粟的季节里，沉草把门窗关严，一个人坐着在日记上胡涂乱抹。爹每天都来敲他的窗子，沉草，给我出来！爹敲着窗子说，别躲着罂粟，别以为你怕罂粟。沉草对着爹的影子说我怕晕。爹更猛烈地敲着窗子，出来你就不晕了，你明白你已经习惯罂粟了。

沉草打开门靠在门框上，他闻见罂粟的熏香弥漫在大宅里，后院传来铡刀切割花茎花叶的声音。沉草摸摸额角，微笑了一下。我没晕，真的不晕了。他不知道这种深刻的变化始于哪一瞬间。他想，我不晕了也许是件好事。

爹手掬一把花粉走出罂粟作坊，他把花粉举高迎着阳光辨别成色，其严峻坦荡的面容一如手捧圣火的天父。沉草想也许爹手里的花粉真的是我们赖以生存的天火。它养育了百年饥饿的枫杨树乡村，养育了我，可我依然迷惘。

收罂粟的人快来了。枫杨树人对另一个枫杨树人说。

地主刘老侠站在四十年前罂粟作坊的门口，背景一片幽暗。四十年前，刘老侠不知道自己成了南方最大的罂粟种植主。作为土地的主人，他热衷于有效耕种和收成，他不知道手里的罂粟在枫杨树以外的世界里疯狂地燃烧，几乎熏黑了半壁江山。这是身外的事情。几十年后，枫杨树的后代们知道故乡原来是闻名遐迩的鸦片王国，一切已经不复存在了，无边无际的罂粟地已经像梦幻般地消失了，你沿着河两岸的田陌寻找不到任何痕迹。有人说这只是土地的历史，与人没有太大的关系。

祖父告诉孙子，刘老侠三十七岁种了第一亩罂粟，夏天收到十斤花面（那一年也是白痴演义的诞辰）。刘老侠背一捆粗竹筒上了路。路上的人看见那些粗竹筒都奇怪，刘老侠一路走一路呵斥围观者，他敲着竹筒说："滚开滚开，别让竹筒炸了你们的狗眼！"刘老侠是一个人去城里碰运气的，连伙计也没带上。他背着那些粗竹筒又坐火车又坐船往北面去，人们问他你背着什么怎么那么香？他说是粮食，粮食都很香。后来他真的感觉到肩上背的是粮食了。祖父告诉孙子，刘老侠走进都市的时候，鞋已经烂光，他像我们一样光着脚丫子遭人白眼。城里的男人像女人，城里的女人像妖精，女人们皮肤都像翠花花一样白里透红满身药水味从他身边经过，可没人朝狗日的刘老侠多看一眼。刘老侠摸着他的脚想，是我养活了你们这群狗男女，你们却不认识我。他就挤在百货公司的人堆里乱拱，他一出枫杨树就不想吃饭，肠胃饿得岔气，他就在人堆里拼命放屁。祖父拍着孙子的脸哈哈大笑，刘老侠也放屁的！刘老侠后来在人家门厅里睡了一觉，睡得正香，突然觉得头下的竹筒在滚动，他睁眼一看是个老叫花子在抽他的宝贝竹筒，老叫花子说给我几个竹筒装剩饭。刘老侠就跳起来掴他一个巴掌。后来刘老侠就走僻静的巷子，有人告诉他妓院都收购白面。他走到一条曲里拐弯的巷子里，看见一间大房子门口挂着一红一绿两盏灯笼。他就走进去把竹筒放在地板上，前厅灯光昏暗照着许多七叉八仰的狗男女。刘老侠拍拍手说："我是送白面的。"他看见狗男女们都挺起来，青青白白的脸一窝蜂凑过来看着他。刘老侠说我操你们这些懒虫，我给你们送好东西，可你们这样痴痴呆呆地看我干什么？他先劈开一只竹筒，掏出一把花面,让花面从指缝间漏泻下来。他听见一个声音尖叫着鸦片鸦片,所有的人都扑向地上的竹筒,刘老侠被挤到了一边。他跺着脚喊:"别抢,给我钱。"谁也不理他,城里的狗男女像一群猪抢食扒空了竹筒子。刘老侠跺着脚喊:"给我钱,给我钱!"他喊破了嗓子,人却溜光了,一下子不知溜到哪里去了。刘老侠后来说,他没再追那些钱。他说他们真的像一群猪,我往食槽里填饲料它们就来了,食槽一空他们就全跑走撒欢去了。

祖父们都对刘老侠三十七岁的城市之行津津乐道,一半出自崇拜心理。而孙子们猜想,刘家的罂粟从黑道上来到黑道上去。收罂粟的人一年一度来到枫杨树乡村,贩盐船把收获的罂粟和稻米一起从河上运走,久而久之枫杨树人将两种植物同等看待。祖父指着左岸的稻地和右岸的罂粟对孙子说:"两岸都是粮食,我们就靠这些粮食活下去。"

沉草归家后半年,家中遇到了土匪姜龙的劫难。

半夜里响起马蹄声。马蹄声杂沓地在刘家宅院四周响着。女佣在下房那边惊喊:"姜龙来啦。"

沉草披衣冲到院子里,他看见墙内墙外灯影幢幢一片动乱,唯独爹的屋子黑漆漆没有动静。沉草跑步过去敲窗子,"爹醒醒,姜龙的土匪来啦。"爹在屋里咳嗽了一声,说:"别慌,他进不了门,你让长工扛两袋米从墙上扔出去他们就走了。"沉草就站在门廊上喊陈茂的名字,又喊别的长工,没有人答应。下房那里的人像无头苍蝇一样东奔西窜,什么东西被踩翻了,轰隆隆地响。沉草往前院跑的时候,听见两扇柏木大门吱嘎嘎地打开了。"谁开门?"沉草喊时已经晚了,马蹄声在前院炸响,九匹马鱼贯冲进来,马灯的火苗扑闪一下又亮了。沉草头一次看见姜龙的土匪。他们手持长枪骑在马上,头蒙黑布罩,脚蹬红麻鞋。他们英气逼人,使沉草很惊讶。沉草的手插到裤袋里捻着,他对中间骑白马的人说:"你是姜龙吗?"他听见骑白马的人笑了一声,他扯下黑布罩,露出一张瘦削年轻的脸,英气逼人。"姜天洪!"沉草叫起来。姜龙就是私塾同学姜天洪,他无论如何想不到。沉草低下头,面对那匹白马那个骑马的人,他想起从前有很多日子,姜天洪背他去私塾上学,每背一次沉草赏给他半只馍。

爹出来的时候,腰带还没缠好。爹好像并不慌张,他一边缠腰带一边说:"你们怎么进来了?把米扔过墙不行吗?"

"有人给我们开门,当然进来看看刘家。"

"你们到底想要多少米?"

罂粟之家 33

"十袋就行。"

"今年粮荒,没收成,八袋行吗?"

"不行。一袋不能少,还要一个人。"

"要人?要谁?"

"你儿子刘沉草。"

"别开玩笑,我给你十袋米。"

"米要人也要。我想拉一个财主的儿子上山,我想让他去杀人!去抢劫!去放火!"

爹愣住不动,沉草看见爹在马灯的照射下脸色青紫,嘴唇直颤,身体却像树桩一样沉稳地站着。沉草想起归家时路过火牛岭听见的那声呼唤,他觉得这事很奇怪,走到那匹白马跟前,拉拉马缰说:"姜天洪,你还记着以前的事吗?"

"记一辈子。要不然不会来你家。"

"可我也给你吃馍了。"

"馍早化成粪了,可是心里的恨化不掉。"姜龙的马鞭在空中抡了一响,"刘沉草,你不明白我的道理。"

"如果我不想跟你上山呢?"

"烧了这大宅,杀你全家。"

沉草听见爹仰天长啸一声,爹扑过来抱住白马的腿。他的膝盖慢慢下沉,终于跪在地上。沉草蒙住眼睛,听见爹说:"把米仓都给你,要多少给多少。"

"米够吃了。我要你家的人,不给儿子给闺女也行。"

"什么?"

"你闺女,刘素子。我要跟你闺女睡,三天三夜,完了就放她下山。"

沉草记得他想搬地上的石碾,他弯下了腰却抱不动。他的疲软的手臂被爹紧紧抓住了。爹轻轻说:"孩子你别动,这是爹的事。"他看见爹已经老泪纵横,他跌跌撞撞朝后院走,走了两步又回头,说:"三天三夜,说话算数吗?"

九匹马又撞开了一道门冲向后院,狂躁的马蹄声粉碎了大宅的这个夜晚。九匹马回头时,驮着一个酣睡乍醒的女人。沉草记得姐姐散发披垂满目蓝光的样子,她真的像猫被姜龙挟在臂弯里,白色绸袍在挣扎中撕得丝丝缕缕。姐姐绞着她的长辫,脸色苍白如纸。沉草听见她在喊:"爹救我。"可是爹枯立着,紧闭眼睛,像睡着了似的。沉草看见姐姐的长辫突然从马上散落,像树枝擦地而过。她把手伸向沉草喊:"沉草救我。"沉草去抓姐姐的手时,看见姜龙的枪口冒出一团红火,那只右手像被什么咬了一口,随即无力地垂落下来。断了,沉草想我的右手断了,这一切仿佛半个噩梦。

罂粟之家　35

大概是午夜时分，姜龙的土匪从刘家风卷残云而过。长工女佣们沿墙根站着观望刘家父子。沉草坐在一只箩筐上，玩味着血洇全身的感觉，起初脑子里一片空白，然后倏地跳出了演义血肉模糊的脸。曾几何时，血也是这样洇透演义的全身。沉草感觉到冷，他拨开呆若木鸡的下人去穿衣服，他听见爹在一片黑暗中终于哭出声，爹举起双拳捶打自己的脑袋。

"去买枪，去买一百条枪。"

沉草穿了棉袄也没暖和过来，他咬着牙再次走到院子里，人已散尽，爹一个人在月光下枯立，爹把手掌摊开，好像要接住什么东西。他对沉草说："灾祸临头了吗？"沉草挽住爹僵直的手，他看见爹的手里只有一片罂粟叶子。沉草摇摇头，沉草说我不知道爹我真的不知道姜天洪会来。

第三天，刘家人守在村口等待刘素子回来。你看见沉草的手中抓着一支驳壳枪。围观的人都说刘老侠用十担米换了那支驳壳枪，枪很贵但你有了枪就不怕土匪了。第三天，一匹白马从山上下来，看不见骑手，刘素子像一只昏睡的猫伏在马背上。看不见她的脸，只见那条著名的长辫散成枯柳纷纷飘扬。围观的人发现小姐的白袍换成了一条男人的大裤子，有人说那是姜龙的裤子。

劫后的刘素子回家后，泡在大铁锅里洗澡，她一边洗一边哭，洗了三天三夜。两个女佣守着锅下的火，发现小姐在水中与她故世的母亲如出一辙，眼睛绿得让你生出寒意。

沉草你过来，跟我走。

爹牵着沉草的手，穿越一段难忘的时光。走出大宅的时候，有一只钟在离枫杨树很远的地方敲响。沉草记得这一天爹七十寿辰，他二十岁。他们穿越一段难忘的时光，往刘家祠堂走。祖先的白金钥匙在前面衰弱地鸣叫，听起来就像爹的脉息。那真是一种衰弱的声音，它预示结局将要出现。歇响的枫杨树人从路边阴暗的草屋里跳出来，他们像一群鸡一样跳出来，观望刘家父子。沉草直视着不去看两边的佃户，他厌恶那些灰黄呆滞的面孔。他想那些人为什么终年像一群扒食的鸡观望你的手？为什么像一群牛蝇麇集在你的周围赶也赶不走？沉草低下头，走过长长的村巷。枫杨树这么狭小，它就像一块黑色疮疤长在世界的表面上，走着走着就到头了。沉草感觉到走了很长的路，阳光突然变灰，祠堂老瓦飞檐的阴影蛰伏在头顶上，刘家祠堂虎踞龙盘，一股潮湿古老的气味蔓延在他身边，沉草看着自己的脚尖驻足了。

沉草，你跟我来。

爹的声音一直在前面呼唤，每一颗空气也都这样呼唤，爹幽灵般扑进祠堂大门，白衫的后背闪着荧光。神龛上点着八支红烛，香烟缭绕。他看见爹跪在祖宗的牌位前，身体绷紧像一块石碑。这是我们的祠堂，这就是我们祖先藏身的地方，他们给予土地和生命，在冥冥中统治着我们的思想。沉草抱紧自己的身体跪在爹的身边，听见某种灾难的声音吱吱叫着往他头顶上坠落。在悸冷中，沉草的手摸遍先祖之地，地上冰凉，他又摸到了爹的手，爹的手也冰凉。他看见白金钥匙在神龛上有一圈月晕似的光泽，白金钥匙发出了田野植物的各种气息。它马上要落到你的手里了。

沉草，向祖先起誓。

我起誓。

你接过刘家的土地和财产，你要用这把钥匙打开土地的大门。你要用这把钥匙打开金仓银库，你起誓刘家产业在你这一代更加兴旺发达。

我起誓。

白金钥匙天外陨星般落到沉草手心。他奇怪那把钥匙这么沉重，你简直掂不动它。沉草啊你的祖先在哪里？到底是谁给了我这把白金钥匙？黑暗中历史与人混沌一片，沉草依稀看见一些面呈菜色啃咬黑馍的人，看见鬼叔叔在火中噼噗燃烧，而最清晰的是演义血肉模糊的头颅，它好像就放在青花瓷盘里，放在神龛之上。"我冷。"走出祠堂的时候，沉草又缩起了肩膀。风快吹来了。他听见爹说："挺起肩来。"但是我冷。爹变得空空荡荡跟在后面走，他离开了白金钥匙才真正的苍老不堪。

沉草记得那个正午漫长而阴暗，枫杨树乡村从寂寥中惊醒了一点，狗狺狺地吠叫，猪羊在沟边乱跑。那些佃户站在地里屋边观望，他不知道他们观望什么，听见路边一个放羊的女人冲他喊："老爷。"

"老爷。"沉草自言自语，他猛地怒视放羊的女人，"喊谁？"

那个正午，祖父与孙子站在河边。祖父对孙子说："别指望他们重换门庭，人跟庄稼一样，谁种的谁收，种什么收什么。你不知道沉草，别指望好日子从天上掉下来。"祖父说下地去吧，太阳那么高了。就这样你看见一九四八年像流星一样闪过去了，你看地主家庭的历史起了某种变化。

我发现枫杨树刘家的历史发展到一九四八年起了诸多变化，家国兴亡世事风云有时发生在人生一瞬间。你说刘

罂粟之家　39

沉草在这段历史中是斑驳的一点，你还可以说刘沉草是四十年代最后的地主。你听见古老的金钥匙在他的牛皮裤带下响着，渐渐往地上掉，那是一种神秘的难以分辨的声音。金钥匙快要掉下来啦。枫杨树乡村在千年沉寂中蹦跳了一下，死湖般的历史随之有了新的起伏。

那是一九四八年，短暂的刘沉草时代，祖父们对那个特殊的历史时代有着深刻的印象。他们说刘沉草让我们都种上了地。他把长工和女佣赶出家门，把水稻地都租给外来的迁徙户，许多人从北面南面涉河而来，在沉草手上租到了十亩地，他们说河右岸的外乡人就是这样聚居起来的。人们记得刘沉草铁青着脸把他的土地交给别人，他说我不要这么多地，可你们却想要，想要就拿去吧，秋后我只要一半收成，各得其所，听明白了吗？有人跪在刘沉草面前说，少爷这是真的吗？刘沉草喊起来，别跪别给我下跪，他说我恨死你们这些人了，就像恨我自己一样。

枫杨树人始终没有懂得刘沉草时代。祖父们对他的评价往往很模糊，譬如小善人，譬如怪物，譬如黑面白心。而孙子对祖父说："刘沉草给了你什么？给你的不是土地而是魔咒，你被它套住再也无法挣脱，直到血汗耗尽老死在地里。你应该恨他，你为什么直到现在还念念不忘一九四八年？"

这一年收罂粟的人没有来。

贩盐船没有来,而河边的人还在守望。

收割后的罂粟地里枯枝横陈,沟壑涸辙仿佛斑马纹路刻在那里了。原野在风中无比枯寂,风像千人之手从四面出击摇撼我的枫杨树乡村。你走出黑泥房子来到河边,看见两岸秋色依旧,但是风真的像千人之手从四面出击摇撼你,风要把你卷起来抛入河心,你像一片落叶沿着河的方向归去。这一年的秋风多么浩荡,只要走到河边,你将看见这段历史在这阵风中掉下的册页,那更是一堆落叶沿着河的方向归去。

南方解放好久了,枫杨树乡村不知道。

人们记得陈茂头一个从马桥镇带回了解放的消息。

被赶出刘家的长工陈茂挥舞着一顶黄色帽子,远远地你就看见帽子上一颗五角星红光闪闪。那是一九四九年历史的一个物证在向你逼近。陈茂向一九四九年历史深处跑去,他的光脚丫子经过村巷逼近刘家大宅,他喊快去马桥镇快去马桥镇,快去马桥镇共产党来革命啦!陈茂把嵌五角星的黄帽子戴在头上,然后闯进刘家大宅。他站在院子中央愣了会儿,看见翠花花正吆喝着一群鸡吃食,刘素子抱着一只猫坐在屋檐下晒太阳。两个女人的眼神木然。翠花花骂："蠢货，你满嘴嚷什么？快回来干活吧。"陈茂摸着头上的帽子咧嘴一笑，"我再也不回来了，我跟共产党了！"陈茂又跑出大宅朝村里跑，他听见翠花花追到门口骂："蠢货，回来干活吧。"陈茂掉头朝她做了个鬼脸，"骚货色，我再也不给你们干活了。"风吹响连绵的黑土地，陈茂跑着从裤腰带上摘下铜唢呐，唢呐声也响起来直冲云霄，他听见了大地气动岩浆奔突的声音。他狂奔着觉得自己像一只金蝇子一样飞了起来。路边的佃户们有的跟着他瞎跑，他们问："陈二毛怎么啦？""快去马桥镇共产党来革命啦！"陈茂边吹边跑，跟着的人越来越多，他们像一队鸵鸟饥饿地奔跑。他们沿着河岸跑过光秃秃的水稻地罂粟地，最后看见了蓑草亭子，饥饿队伍就是在这时戛然而止的。

蓑草亭子状如祭台浑然耸立，青烟缭绕在你的头顶。他们看见烟霭中两个白衣人守护着红香炉。有人说重阳九九，祭祀土地了，那是刘氏家族延续百年的圣事。可是谁知道为什么在圣火前他们相遇了呢？

饥饿队伍散开了，他们站在地里凝望刘氏父子。父子俩面目苍茫，在一片寂静中走出蓑草亭子。刘老侠已经很老了，目光却依然像巨兽俯视他们弱小的灵魂。这是一九四九年他们头一次看见刘老侠。他们听见刘老侠咳嗽着吐出一口痰，又吐出一个熟悉的音节——狗。

"你们要干什么？"

"去马桥镇，共产党来革命了！"陈茂在人群里踮起脚尖。

"狗。他说什么？"刘老侠问沉草。

"他说革命。"沉草说。

"我们再也不给你卖命了。"陈茂说。

"刘三旺刘喜子你们把陈茂捆起来。"刘老侠说。

人们都站着观察，那些呆滞木然的脸组成的是饥饿队伍。

"捆啊，捆了他给你们每人一袋米！"

"一袋米？不骗人？"

"不骗你们，饿死鬼！"

"一袋米，我来捆！"饥饿队伍都跳了起来，他们动了起来，陈茂返身想跑已经来不及了。佃户们一拥而上抱住了陈茂。"一袋米！"他们大叫着把陈茂抬起来。有人喊没东西捆，接着又有人喊把他的裤腰带抽下来。陈茂被高高地抬起来，他的裤腰带被抽掉了。陈茂用手去护住羞处，但双手很快地被缚紧。"放开我刘老侠！"陈茂怒吼着但没有人听见。"把陈二毛的裤子扒下来！"愉快的佃户们一边疯笑一边把他抬到粪草亭子里，抬到刘氏父子身边。

罂粟之家 43

沉草往后退。他看见陈茂的生殖器露出来在人们的头顶上晃荡着，陈茂的黑裤子被扒下扔到空中飞来飞去。他觉得恶心，浑身奇痒，那种突如其来的奇痒使他抱紧身体，恨不能死。这是怎么啦？他弯下腰朝地上吐口水，他看见无数双光脚丫踩碎了圣火，香炷折成了两截躺在地上。沉草拾起一截，半截香炷仍然很烫手，他把它扔掉了，沉草抓挠着脸和脖子，他喊："别闹了，你们都快滚蛋！"但他的声音也被快乐的潮声淹没了。佃户们喊："老爷，把陈二毛捆在哪里？"爹说："吊起来，吊到梁上。"沉草看见陈茂从人们头顶上升起来，很快地升到蓑草亭子的横梁上。陈茂的嘴张开着，像一只死鸟被挂在横梁上摇摇晃晃。谁把铜唢呐挂到了他的脖子上，铜唢呐也跟随主人在风中摇摇晃晃。沉草觉得陈茂的模样很滑稽，他却笑不出来，只是奇痒加剧。他想这个人与他之间存在某种生物效应，他看见这个人就奇痒难忍，心中充满灾难的阴影。沉草摸出了他的枪，他把枪举起来瞄准，准星线上陈茂的生殖器在空中愈发强壮硕大。狗，沉草想那真的是一条狗让我恶心。沉草想不知道这是第几回了他举枪瞄准陈茂。你想杀了他吗？为什么你面对他总是虚弱不堪？沉草想也许这是害怕的缘故。你害怕一个人经常就是这样。沉草持枪的手垂下来，他发现佃户们瞪大眼睛看着他的手。

他用枪管摩挲着脸部,他看见自己的形象映在枪身上那么小那么苍白,疲惫和厌恶是从心里映现在枪身烤蓝上的。除了白痴演义,我谁也杀不了了。我只能将子弹留到最后一天。

"让他吊在那儿,谁也别去管他。"爹指着陈茂对众人说。

沉草扶住爹离开蓑草亭子,背脊上似乎爬满了温热的虫子。他猛然回头,发现陈茂的目光是猩红的罂粟追逐着他们父子。对视间陈茂朝他咧嘴笑了一下,紧接着他朝父子俩撒了一泡尿。沉草看见那泡尿也是猩红的一条弧线,他不知道那个人是人还是狗,他又一次在虚空中发现了人面狗身的幻影。

被缚的长工陈茂在野地里摇荡着,度过了难忘的昼夜。夜里他把挂在脖子上的铜唢呐用嘴衔起来,我们听见从蓑草亭子那边传来的唢呐声在枫杨树乡村回荡,响亮而悲壮。那是一九四九年的深秋,你听到的其实就是历史册页迅速翻动的声响。

第二天,庐方的工作队从马桥镇开到枫杨树。他们首先听见的就是那阵唢呐声。他们在河边就看见一个光屁股的男人被吊在蓑草亭子里吹唢呐,那情景非常奇特。工作队长庐方告诉我,把陈茂从梁上解下来时,他们差点流出眼泪。陈茂的嘴唇肿胀着，光裸的身上爬满了黑色的飞蚤。庐方从挎包里找出一条裤子让他穿，他没接，却先抢过了别人手上的干粮。他一边嚼咽一边说："先吃馍馍再穿裤子。"庐方还说从陈茂的脸部轮廓上一眼就能分辨出老同学刘沉草的影子，沉草确实长得像陈茂。这一点谁都认为奇怪。他说枫杨树是个什么鬼地方啊，初到那里你就陷入了迷宫般的气氛中。庐方比喻四十年前的工作队生活就像在海底捞沉船，你看见一只船沉在海底却无法打捞，它生长在那里。而每一个枫杨树人像鱼像海藻像暗礁阻拦你下沉，你处在复杂多变的水流里，不知怎样把沉船打捞上来。

庐方回忆起一九四九年秋天老地主坐在门槛上眺望南方的时刻。他每天都在等待收罂粟的人到来，等待贩盐船从河下游驶来，泊靠在他的岸边。

解放了。收罂粟的人不会来了。庐方说。

老地主默然不语。庐方跨过刘宅门槛，看见大院里到处是大大小小的竹匾，竹匾里晾晒着白色与棕色的罂粟粉。他第一次看见那种神奇的植物花朵，罂粟的气味使他神经紧张，他抓住枪套朝大宅深处走，觉得阳光在这里有了深刻的变化，有人站在屋角的黑暗里修农具或者纳鞋底，神情木然愚蠢，庐方知道那是枫杨树人亘古不变的神情。庐方走到中院的时候，看见了刘家的两个女人。翠花花丰腴的手臂上点洒着唯一的阳光，她的佩戴六个金银手镯的手臂环抱在胸前，她的乳房丰满动人。翠花花伏在窗台上，向庐方点头微笑，"来啦，长官。"而刘素子当时在给一只猫喂食，刘素子不知为什么女扮男装，但庐方一眼就看出她的实质。庐方后来对我说，他忍不住对刘素子笑了，他说他的绑腿布松了，他蹲下去系的时候，看见刘素子砰地打碎破瓷碗逃进了东厢房。在门边她回头张望，她的猫一样的眼睛突然变得恐慌而愤怒。事隔好多年，庐方仍然忘不了刘素子的一双眼睛，"她真的像猫！"

庐方走过黑暗的仓房时听见一阵咳嗽声。透过窗缝他看见一个人端坐在屋角大缸上。他看不清那个人的脸，就掏出手电筒照过去。手电筒照亮一张熟悉的苍白的脸，那个人昏昏欲睡但嘴里含着什么东西。"谁在那儿？"那人说。庐方撞开木扉门。就这样他见到了阔别多年的老同学刘沉草，就这样庐方见到了蜗居在家的所有刘氏家族的成员。他说中国的地主家庭基本上都是一览无余的。你只要见到他们心里就有数了，一般来说，我们的工作队足够制服他们。

沉草坐在仓房的大缸上。那也是白痴演义从前啃馍吃

罂粟之家

的地方。你如果有过吞面的经验，就会发现沉草在干什么。沉草在吞面。你发现这个细节不符合沉草的性格，你记得沉草归乡时在罂粟地里的昏厥，但沉草现在坐在大缸上，沉草确确实实在吞面。

他听见整个枫杨树在下雨。他走在雨中。一条路在茫茫雨雾中逶迤向北。北面的沙坡上有一座红色楼房。他看见自己已变成一只蜗牛在雨中爬行。他看见红色楼顶上有一只网球在滚动，那只球掉下来了在雨地里消失不见了。他听见整个枫杨树在下雨。蜗牛的背上很沉重，它在水洼里睡着了，而那条路上有人在雨中狂奔，他们从后面狂奔而来。蜗牛听见了疯狂的脚步声，它想躲一下却无法挪动身子。他看见水洼被踩碎了，美丽的水花飞溅起来。他听见蜗牛的身子被踩出清脆的巨响，砰然回荡。

院子里打翻了一只竹匾。沉草走出仓房，嘴里还留有罂粟面的余香。他站在台阶上抱住头，他觉得从那场雨中活过来很累。爹咒骂着谁，把地上的花面拾进竹匾。那些罂粟如今像冬日太阳一样对他发光。沉草站着回忆他感官上的神秘变化。他模模糊糊地记起来，很久以前他是厌恶那些花的，那么什么时候变的呢？沉草想不起来，他觉得困倦极了，脑袋不由自主地靠在墙上。他仍然半睁着眼睛，看见爹的手在竹匾里上下翻动着罂粟花面。

"别晒了，收罂粟的人不会来了。"沉草说。

"罂粟会烂掉的，你白忙了一年。"沉草不断舔着下嘴唇，他说，"自己吃吧，爹，那滋味真好，你尝尝就知道了。"

沉草听见自己在说话，他看见爹扔下花面惊惶地看着自己。"沉草你吞面啦？"爹猛然叫起来抓住他摇晃着。沉草觉得他像一颗草灰那样轻盈，灵魂疲惫而松弛。他说爹我想睡。可爹在用手掰开他紧闭的牙床，爹嗅到了他嘴里残存的罂粟味。"沉草你吞面啦？"爹抓住他头发打了他一巴掌。他不疼。他仍然想睡着等待雨中幻景重新降临。他把头靠在爹的肩膀上说："爹，我看见那只球，那只球掉下去不见了。"

庐方记得沉草的形象在五年后已不再清俊不再忧郁，他肤色蜡黄，背脊像虾米一样弓起来，远看和他的地主父亲一样苍老。沉草想方设法逃避着庐方。但庐方总能在仓房的黑暗里找到沉草。沉草绕着大缸走一圈，跳进缸里，他像条蛇一样盘在缸里，一动不动，只是不时打着喷嚏。庐方怀疑沉草已经丧失记忆，沉草不认识他，他猜想沉草是装的，一时不知道说什么好。他后来精心设计了谈话的内容，因为他不想把第一场谈话弄得庸俗或者生硬了。

罂粟之家　49

"沉草，周末了，我们去打网球。"

"草坪呢，草坪在哪里？"

"就在你家院子里打。"

"没有球，球掉下去不见了。"

"我带着一只球。"

"我已经忘了怎么打网球。"

"沉草，你知道你家有多少土地吗？"

"不知道，枫杨树的土地好像都是我家的。"

"你知道你家有多少财产吗？"

"不知道。"

"别装傻，你拿着你家的白金钥匙。"

"真的不知道，那都是我爹的东西，我没打开过。"

"沉草，你明白我们来干什么吗？"

"不明白，也不想明白，你们愿意干什么就干什么。"

"要土改了，要把你们家的土地和财产分给穷人。"

"我无所谓，我爹他不会同意的。"

庐方看见沉草从大缸里站起来，他的目光涣散游移不定。沉草仰面看着房顶上的一架纺车，半晌打出一个喷嚏。庐方突然听见沉草轻声喊了他的名字："庐方，拉我一把。"他把手伸出去，抓住了沉草冰凉的汗津津的手掌。庐方回忆他们手臂相缠时勾起了往昔的友情。在仓房的蛛网幽影中,他们同时看见一块浅绿色的大草坪,阳光在某个傍晚洒下无数金色斑点,他们挥拍击球,那只球在草坪上滚动着。庐方说:"沉草,打球去。"沉草浑身一颤,他的眼睛闪亮了一瞬复又黯淡。沉草抬起手臂擦着眼睛,他的身上散发出罂粟枯干后的气味。"那只球掉下去不见了。"沉草叹了口气。庐方很快甩开了沉草软绵绵的手臂,他也说:"掉下去不见了,不见了我也没办法。"

我听见嘹亮的唢呐声在黎明的乡村吹响,那是一九四九年末风暴来临的日子。唢呐声召唤着枫杨树的土地和人,召唤所有幽闭的心灵在风中敞开。

风暴来临,所有的人将被卷离古老的居所,集结在新的历史高地上。

"跟我来,乡亲们!跟我来吧,斗倒财主刘老侠!"

我看见长工陈茂在枫杨树乡村奔走呼号。他的腰间挂着一把古老的铜唢呐(后来唢呐在枫杨树成了革命的象征,农会的男人腰间都挂上了唢呐)。庐方回忆说,陈茂是他开展农村工作以后遇见的最为自觉的农民革命者。他的翻身意识尤其强烈,就像干柴烈火,你一点他就整个燃烧了。那是个难得的农村干部,可惜后来犯了错误。庐方说南方的农民们的生存状态是一潭死水,苦大仇深并不构成翻身意识,你剥夺他的劳动力他心甘情愿,那是一种物化的惰性。在枫杨树,佃户和长工们都把自己看成一种农具,而农具的主人是刘老侠。当庐方的工作队访贫问苦的时候,从他们嘴里听到的是刘老侠创业的丰功伟绩。他们说:"枫杨树千年出了个刘老侠,他的手指缝里能敛进金元宝。"庐方说只有一种农民才能革地主老财的命,他自己一无所有,他的劳动力乃至全部精神都被剥夺,譬如长工陈茂,他是以一个完整的革命者出现的,你必须信任他。那一年,陈茂自然地成为枫杨树的农会主任。陈茂从工作队领到一杆三八式步枪。陈茂腰挂唢呐肩佩步枪,风风火火来往于枫杨树乡村,一时成为真正的风云人物。乡村的孩子看见陈茂,就躲在草垛后唱起另一首民谣:

> 陈二毛,变了样
> 一把唢呐一杆枪
> 走到东啊奔到西
> 地主老财遭大殃

陈茂走到刘家大宅前突然站住,他抓着腰间的唢呐吹了悠悠一声。他不明白自己这么做的道理。也许是提醒地主一家:我来了是我来了。他踢开门喊,我来了。

院子里一片死寂，几只鸡在地上的青苔间找谷子吃，厢房的门都关着。陈茂抓起唢呐又吹了一声，他踢飞一只鸡又大喊一声："人都死光了吗？"

东厢房的窗打开了。陈茂看见刘素子睡眼惺忪地出现在窗口，她的眼圈发黑，脸却苍白如纸，又一只猫伏在她瘦削的肩上。陈茂看见刘素子的淡绿色瞳仁里映着他的长枪，凝眸不动。她又被枪吓坏了。陈茂朝她眨眨眼睛，他总是从那张冰清玉洁的脸上发现受惊的神色。"别怕。"陈茂的手抠着枪带走过去，"我可不是土匪姜龙，我不会把你怎么样的。"

刘素子默然，那只猫叫了一声。陈茂歪着身子倚在窗前，端详着那个闭门不出的女人。他看见她雪白的长颈露在旗袍领子外面，一个梅花形的猫爪印清晰可见。那只猫又叫了一声。刘素子猛地抽搐了一下，砰地关窗。陈茂的脸被木窗重重地撞了一下。

"快滚，别这样看我。"

陈茂一手捂脸一手把窗往里推，他说：

"别关窗，我不是来睡你的。"

"我跟狗睡也不跟你睡。"

"女人嘴凶，可没有一个女人敢这样对我说，你是让姜龙给弄傻了。"

"你来干什么？翠花花不在家，天还没黑，你来干什么？"

"我不找那骚货。我找你爹你弟弟干革命。"

"我不管，我就是不愿看见公狗，恶心。"

"你会明白我是人是狗的，告诉我他们上哪儿了？"

"山上大庙，烧香。"

"烧香？"陈茂笑起来，他用枪托打着木窗，"你家劫数到了，谁也救不了你们，现在我是你们的菩萨，明白吗？"

"你要是菩萨，该上茅房去找供品。"

"小婊子，你明白拿什么供我，你是最好的供品。"

"狗，不要脸的大公狗。"刘素子终于把陈茂关在窗外了。陈茂被关在窗外发愣。他想女人脖颈上的梅花形猫印是怎么回事？它像个小太阳一样照得他熏热难耐，撩动他的情欲。"小婊子，我干了你。"他的额际上沁满了汗，女人的太阳真是熏热难耐。陈茂想这是怎么回事？我跟这家人到底是怎么回事？他想不透，想不透就只有吹唢呐了。

陈茂一边吹唢呐一边坐在门槛上。暮色点点滴滴潜入凄冷宅院，槐树叶子在层层青苔上凋零发烂，他听见一只驴子在磨房里咴咴地叫，那是他长工生涯的老伙计。陈茂忽然想去摸摸那只驴子，他起身朝磨房走去，他看见驴子皮包瘦骨半卧在食槽边，食槽是空的。可怜的驴子跟着他们会饿死的。陈茂把墙角堆着的糠全倒在食槽里，看驴子狼吞虎咽地吃食。他的手从上而下抚摸着驴子肮脏干枯的皮毛，思绪纷乱缅怀他的大半辈子长工生涯。不知过了多久，陈茂觉得身后有动静，他猛地回头，看见刘家三人站在院子里。他们脸上灰尘蒙蒙，每人手里抓着一把罂粟叶子。陈茂端起枪拉上枪栓，眯缝着眼睛观察地主一家，他觉得他们手持罂粟行色匆匆很奇怪。

"你们带着罂粟干什么去了？"

"上山求神保佑罂粟。山神说收罂粟的人快来了。"老地主的脸上没有任何表情，目光省略了。持枪的陈茂显得空灵悲伤。陈茂看着地主一家在他的枪下鱼贯而入，翠花花走在最后面，她的金手镯响着伸手把枪往上一挑，无所顾忌地在陈茂裤裆里拧了一把。陈茂往后跳了一下，但没来得及躲开她的手，那里碎裂般地疼。他骂了一声臭婊子货，忽然想起工作队交给的任务，便又跑过去横枪堵住了他们，他猛吼一嗓：

"站住，明天开会！"

地主一家疑惑地瞪着陈茂，然后是面面相觑。

"你说什么？"老地主摇着头，"我听不懂你的话。"

"听不懂？明天开会！"陈茂说，"开会你懂吗？"

罂粟之家　55

"开什么会?"

"批斗会,斗你们地主一家。"

"干吗斗?怎么斗?"

"到蓑草亭子去!用绳子把你们捆起来斗,跟你们那回捆我一样。"

"这是谁定的王法,狗斗人吗?"

"农会。工作队。庐同志说只有斗倒你们,枫杨树人才能翻身解放。"

陈茂看见老地主手中的罂粟掉到地上。陈茂想天也掉到地上了,狗为什么不能斗人?风水轮回还有什么不可改变的呢?陈茂朝老地主啐了一口。陈茂一高兴就把唢呐吹起来了,他吹着唢呐退出刘家大宅,他听见自己的唢呐像惊雷一样炸响,把刘家几百年的风光炸飞了。

没有人知道刘家三人上火牛岭去干什么。沉草知道这将成为一个秘密,永远不能启齿。爹带着老婆孩子去找土匪姜龙。沉草想爹是糊涂了,刘家人怎么能上山找土匪姜龙?他问爹到底要干什么。爹说花钱请他们下山。沉草说姜龙坑害了姐姐呀,他们无恶不作你不能在他们面前折腰。爹说我记得你姐的冤,那不是一回事,姜龙再坏也没要我的地,我不能让谁把我的地抢去。沉草跺着脚说你让姜龙下山干什么呀？他看见爹的眼睛里爆出幽蓝火花，爹咬着牙，嗓音哽在喉咙里像在哭泣。

杀了他们。杀了庐方。杀了陈茂那条狗。

谁也不能把我的地抢去。

沉草跟着爹娘往山上走。他想起那次从县城归家的途中，看见姜龙的马队从火牛岭一闪而过。有个声音穿过年轮时光，仍然在树林间回荡："刘沉草，上山来吧。"沉草至今还奇怪，那声呼唤来自何处来自谁的思想中？谁要我上山？也许是我自己？沉草这样想着，觉得他始终在某个神秘的圈套中行路，他走不出圈套而茫茫然不知所归。

他们跟着秘密向导寻找姜龙的踪迹。在火牛岭的纵深处，他们闻到山霭中浮荡着一股血的腥味。他们朝血腥味浓处走，看见山背上躺着三匹死马和几双红麻草鞋。岩石和干草上淤着紫色的干血。秘密向导说他听见过火牛岭的枪声，他猜姜龙的土匪是往山南去了。

沉草在草丛中发现一颗球状晶体，他以为那是一只小球，走过去拾起了它，它一下子就像磁铁一样黏在他手心上。他把手翻过来端详着，突然尖利地喊起来："眼睛，谁的眼睛！"他想甩掉它，却无论如何甩不掉，他不知道这是怎么回事，他拾起了一颗人眼珠子！

沉草像在梦里，手上一直黏糊糊地抓着那颗人眼珠

罂粟之家　57

子。爹和娘来掰他的手时，已经掰不开了。沉草紧握着那颗人眼珠子，就像紧握从前的网球。他看见爹绝望地蹲在一匹死马身边。山风吹过来山风，现在把我们都卷起来抛到天边，这就是你走入绝境的感觉。沉草听见爹对着死马说："死了，再也没指望了。"

沉草觉得火牛岭真像一个圈套，在荒凉无人的山顶上你会体会到跋涉后的空虚。你去找土匪姜龙，但土匪姜龙也走了。沉草忘不了爹面对山南时，悲哀而自嘲的笑容。爹从来不笑，爹一笑灾难就已经临头了。这一天，像是梦游火牛岭，爹抓着一把罂粟叶子上山去找姜龙！沉草想爹真是糊涂了，在山上你听见喊声，你找不到那个人，这就是圈套。沉草疲惫得要命，只是跟在爹娘身后走。回想起来，他是一直抓着那颗人眼珠子的。他想那只网球可能一直滚到这里，网球不见了人眼珠子出现了。他想这也是圈套，把我牢牢套住了，我必须抓着这颗人眼珠子。

枫杨树的祖父对孙子说："传宗接代跟种田打粮不一样。你把心血全花在那上面，不一定有好收成。就像地主老刘家，种花得果，种瓜得草，谁知道里面的奥妙？人的血气不会天长地久，就像地主老刘家，世代单传的好血气到沉草一代就杂了。杂了就败了，这是遗传的规律。"

我明白枫杨树乡亲的观点趋向原始的人本思维。你不能要求枫杨树人对刘家变迁做出更高明的诠释。工作队长庐方对我说，揪斗地主刘老侠时，曾经问他有什么交代的，他的回答让工作队的同志们窃笑不已。刘老侠说："我对不起祖宗，我没操出个好儿子来。"刘老侠又说："怪我心慈手软，我早就该把那条狗干掉了。"那时候庐方已经知道刘老侠说的狗是农会主席陈茂。

一九五〇年春天，三千名枫杨树人参加了地主刘老侠的斗争会。那个场面至今让人记忆犹新。刘老侠站在蓑草亭子里，从前的佃户和长工们坐在四周荒弃的罂粟地里。庐方说当时的气氛就像马桥镇赶会一样，孩子哭大人闹，好多男子在偷吃罂粟叶子，会场湮没在干罂粟的气味中，让工作队难以忍耐。庐方说枫杨树人就是这种散漫的脾气无法改变，他让农会主席朝空中鸣枪三声，蓑草亭子四周才静下来。

"刘老侠，把头低下来！"庐方说。

老地主不肯低头，他仰着脸目光在黑压压的人群中逡巡，神情桀骜不驯。他的鹰眼发出一种惊人的亮度，仍然威慑着枫杨树人。人们发现，刘老侠的脸上与其说是哭泣不如说是微笑。

"刘老侠，不准笑！"庐方说。

"我没笑，我想哭的时候就像笑。"

"老实点，把头低下来！"

"分我的地，怎么还要我低头呢？"

庐方当时朝陈茂示意了一下，他想让陈茂把他的头摁下去。但陈茂理解错了，他冲上去举起枪托朝刘老侠头上砸去。一记沉闷的响声，刘老侠踉跄了一下又站住了。老地主的眼睛依然放光，他轻轻说了一句："狗。"庐方说这下会场真正乱了，那些枫杨树人全站了起来。他看见翠花花戴满了金手镯从人群里奔过来，她一路哭嚎直奔老地主身边，她从一个男人手中抢过一片罂粟叶子给老地主糊伤口。老地主推开她说："没你的事，给我滚回家。"翠花花就直奔陈茂去夺他的枪。翠花花一边跟陈茂撕扯一边哭骂不迭："你怎么敢打东家？你这条掏不空的狗鸡巴夹不断的狗鸡巴。"枫杨树人哗地笑开了。庐方对陈茂喊："把她拽下去！"但陈茂在翠花花的撕扯下只是躲闪。庐方听见台下有人喊："陈二毛，翠花花，×××！"下面的话他听不清，他忍无可忍地吼："别跟她拉扯，把她拽下去。"陈茂的脸又红又白，他骂了一声臭婊子，抬脚踢在翠花花的乳房上，然后陈茂也对女人说："没你的事，给我滚回家。"

庐方说刘老侠的斗争会就开得那样乌烟瘴气，让你啼笑皆非。那天天气也怪，早晨日头很好，没有野风，但正午时分天突然暗下来，好多人在看天。在准备当众焚烧刘家的大堆地契账本的时候，风突然来了，风突然从火牛岭吹来，吹熄了庐方手里的汽油打火机。风突然把那些枯黄的地契账单卷到半空中，卷到人的头顶上。三千名枫杨树人起初屏息凝望，那些地契账单像蝴蝶一样低飞着发出一种温柔的嗡鸣，从人群深处猛地爆出一声吼："抢啊！"人群一下子骚乱了，三千名枫杨树人互相碰撞着推搡着，黑压压的手臂全向空中张开。庐方的工作队员扯着嗓子喊："乡亲们别抢，地契账单没用了。"但没有人听。庐方说他没办法了只能再次鸣枪三声。他说枫杨树人什么都不怕，就怕你的枪声。三声枪响过后，枫杨树人再次平静，所有的地契账单都被他们掖在怀里了。他们掖着那些纸片就像掖着土地一样心满意足，你能对他们再说什么？庐方说他最后就让他们全带回家了。

"沉草，你过来。"

爹在喊他。沉草走到爹的床边，他凝视着爹伸向虚空的那只手，那只手如同地里挨雨淋过的罂粟，有一种霉烂的气味。

爹病了。

我知道。

爹头一回生病。

我知道。

爹过不下去才会生病,要靠你了。

什么?

你老是听不懂爹的话。当初我应该把你溺在粪桶里。

当初不如让姜龙带你走,当土匪也比当狗强,现在轮到我们当狗了。

沉草看见爹的手里仍然紧抓着一把罂粟叶子。沉草说你把它放下吧,收罂粟的人再也不来了。爹点点头,他的手从空中垂下来,在沉草腰间摸索着。沉草说,爹,你在摸什么?枪,我给你的枪呢?

在这儿。

你放一枪给我听。

只有两颗子弹,放完了就没了。

那就留着吧,路上要用枪。

沉草走到床后,娘已经给他收拾好了行装,一大堆包裹堆放在地上。娘坐在便桶上哭,她总是坐在便桶上哭。沉草觉得饿,别过脸找那只装满干粮的黑陶瓮。陶瓮的木盖已经很久没有开过了,上面蒙着一层灰。他把手伸进去,里面空了,只掏出一块硬邦邦的馍,馍被咬过一口了，月牙形的齿印已经发黑。沉草抓起馍往嘴边送时，听见娘叫了起来，"别吃它，那是演义吃剩下的！"他对那只隔年老馍端详着，看见演义血肉模糊的脸刻在馍上，但他放不下馍，"我饿。"他一边干呕一边啃咬，那只馍像蛊药在肚腹中翻江倒海，他一边呕着一边朝外面跑，听见爹愤怒地拍着床板，"别吃了，快滚吧，快给我滚吧！"

沉草出逃的那天夜里下着大雨，狗没有叫，雨声掩蔽了刘沉草仓皇迷惘的脚步。第二天清晨，刘宅门前留下了一大片像蜂窝一样杂乱的脚印。去稻田排水的枫杨树人围着那些脚印喊，逃啦，地主逃啦。

现在看起来逃了就逃了，你没有必要再去追打丧家之犬，庐方说，但是一九五〇年我沉浸在某种亢奋心态中刹不住胯下的红鬃烈马。我带着陈茂和工作队，沿着沉草的脚印追，一直追到火牛岭上。我看见沉草在慢悠悠地爬坡，他真的是慢悠悠的，一点不像逃亡。他的身上捆绑着五六个包裹，像披铠甲执长矛的武士出征远方。沉草听见了马蹄声回过头，他像个木偶一样站着朝我看。陈茂要拍马上去被我拦住了，我看见他正站在一块石崖上。我怕他跳下去，我对他喊："别逃啦，你逃到哪里都是一样，逃不出我的掌心。"他仍然像个木偶站着不动。后来他开始解身上那些包裹，他将包裹迅速地往石崖下推，我听见了金属撞击山石的清脆的响声，我猜他把刘家的金银财宝都推到深涧里去了。

只留下一个最大的包裹，沉草就抱着它坐在石崖上，等我们上去。我踢踢那只包是软的，我看见一些灰白色的粉状物从破缝间流出来，发出奇异醉人的香味。

"这是什么？"我问沉草。

"罂粟。"沉草说。

"谁让你逃的？"我又问。我看见沉草神情困顿地歪倒在我的腿上，疲倦地说："我爹。"

"你想逃到哪里去？"

"找姜龙。"

"你想当土匪了？"

"不知道。一点不知道。"

被堵获的沉草像一片风中树叶一样让人可怜，但你看不到他的枪。庐方说我没想到沉草的腰间藏了一支枪。

知道内情的人谈起刘家的历史，都着重强调沉草和长工陈茂的血亲问题。他们说沉草的诞生就是造成地主家庭崩溃消亡的一种自动契机，你要学会从一滴水中看见大海。他们说沉草的诞生预示着刘老侠的衰亡，这里有多种因果辩证关系，我无法阐述清楚，我只能向你们如实描绘刘家历史的发展曲线。

我知道你们感兴趣的还有旧日的长工后来的农会主席陈茂。陈茂其实是个不同凡响的形象。他的出现与消失必将同地主家庭形成一种参照系。庐方说过枫杨树的土地革命因其有了骨干陈茂才得以向前发展。他至今缅怀着那个腰挂唢呐肩佩长枪的农会主席陈茂。我问陈茂后来怎么样了，庐方面露难色不愿提这个话题。他说了一句讳莫如深的话：你能更换一个人的命运，却换不了他的血液。他还说，有的男人注定是死在女人裤带上的，你无法把他解下来。

一九五〇年，也是陈茂性史上复杂动荡的一年。那年陈茂与翠花花割断了多年的蛛网情丝，被他的唢呐迷过的人们希望他的生活步入正轨。你注意到他的英俊而猥亵的脸上起了一种变化，这种变化使他重返青春，浑身散发出新颖的男人的魅力。女人们给陈茂提亲络绎不绝，陈茂总是笑而不语。女人们说："陈二毛你让地主婆掏空了吗？"陈茂就端起枪对她们吼："滚，别管我的鸡巴事，我要谁我自己知道！"

你可以猜到陈茂要的是谁。

陈茂是半夜潜进刘家大宅去的。那天月光很明净，夜空中听不见春天情欲的回流声，他的身体很平静。他挎着枪站在刘素子的窗前，回头看见一个熟悉的影子在青苔地上拉得很长很长，那是他自己的影子。他回想起从前多少个深夜，他这样摸到翠花花的窗前。陈茂的心情很古怪，既不兴奋也不紧张，仿佛是依循某个夙愿去完成一件大事。他看见刘素子养的猫伏在窗台上，翡翠色的猫眼在月光下闪闪烁烁。你他妈的鬼猫。陈茂嘀咕了一句，他拉出枪上的刺刀对准猫眼刺进去，刺准了，猫眼喷出暗血，猫呜咽了一声。陈茂用刺刀轻轻撬开了木窗，跳进了东厢房。他看见刘素子睡在大竹榻上，她仍然睡着，陈茂知道她是个嗜睡的女人。刘素子半裸在棉被外面。这是他头一次看见刘素子真实的乳房，硕大而饱满。他想刘家的女人吃得好，才有这么撩人的乳房。陈茂从脖子上拉下汗巾，轻轻蒙在女人的眼睛上，然后他把她从被子里抱起来，那个绵软的身体像竹叶一样清凉清凉的。他奇怪她怎么还不醒，也许在做梦。他抱着她走到院子里时，听见那只猫又呜咽了一声。陈茂的手一抖，他想不到死猫又呜咽了一声。被劫的女人终于醒了，她在陈茂的怀里挣扎，张不开的睡眼像猫一样放出惊恐的绿光。

"姜龙，姜龙的土匪来了！"

陈茂抱紧女人往门外跑，他看见翠花花屋里的灯光亮了，翠花花走出来，蓬头垢面地跟着他们。他倚在廊柱上猛地回头，"你跟着我们干什么？骚货。"翠花花不吱声地抓他的枪。他闪开了继续跑，他听见翠花花被什么绊倒了。翠花花终于喊起来："狗，快把她放下！"

"你再喊，我一枪崩了你。"陈茂把刘素子举了举说。他抱紧那个冰凉的女人朝野地里跑。月光清亮亮的，夜风却是潮红的掠耳而过。他觉得怀里的女人越来越凉，他冻得受不了。他必须把那个冰凉的身体带到他的体内去。陈茂飞跑着，他听见自己跑出了一种飞翔的声音。他知道这不是梦，却比梦境更具飞翔的感觉。他朝着蓑草亭子那里飞跑，他看见蓑草亭子耸立在月光地里。它以圣殿的姿态呼唤他，他必须飞进去，飞进去！

"狗，放下我，你不能碰我。"女人在他怀里喊。

"非碰不可。"陈茂咬着牙说，"我早晚都要把你干了。"

"你是谁？"女人睁大眼睛，女人怎么也看不清他的脸。

"陈茂。"陈茂想了想回答，"我不是姜龙，我让姜龙先走一步了。"

陈茂把刘素子放到蓑草亭子下，他抬头看见锥形草顶下飞走了一对夜鸟。这真是一个做爱的好地方，陈茂无声地笑着坐到女人的肚子上,月光下那个雪白清凉的胴体微微泛着寒光。他闭上眼睛,手在那圈寒光里摸索蛇行,最后停留在高耸的乳房上。他感觉到女人已经瘫软了,但他的身体也像打摆子一样控制不住颤个不停。他嘴里咝咝地换着气,感觉到自己前所未有的虚弱,"我早晚要把你干了。"他咬着女人的乳晕,听见铜唢呐从身边滚出去,当当地响。

庐方说,他曾经感觉到陈茂和地主一家之间存在的神秘的东西。但他理不清他们之间千丝万缕的联系。他问陈茂,陈茂自己也说不清,他只知道他恨地主一家。陈茂说:"要么我是狗,要么他们是狗,就这样,我跟他们一家就这么回事。"

庐方不知道陈茂对刘素子实施过暴力,直到有一天翠花花从刘宅门洞里跳出来,拉住他告陈茂的状,说刘素子怀孕了,怀的是陈茂的种。庐方说你别诬陷我们的干部,翠花花指着天发誓,她说长官你可别相信陈茂,那是一条又贱又下流的狗,他干遍了枫杨树女人,最后把刘素子也干了,你去看刘素子的肚子吧,那是他的罪孽!庐方后来去找陈茂核实。陈茂坦然承认,他说我是把刘素子干了。他问庐方干革命是不是就不让干刘素子,庐方答不出来。他考虑了好久,决定撤掉陈茂的农会主席,下掉他手里的枪。他记得下枪的时候,陈茂把步枪死抱住不放。他脸涨得通红吼:"为什么不让我干了?我恨他们,我能革命!"庐方说他心里也怅然,但事情到这一步已经不可收拾。他知道工作队能把陈茂从蓑草亭子梁上解下来,却不能阻止他作为枫杨树男人的生活。庐方想在枫杨树找到更理想的农会主席。

那天凌晨下着雨,也许不是雨,只是风吹树叶声。沉草记得他在一片心造的雨声中蜷缩着,他看见自己幻变成一只黄蜂躲在罂粟的花苞里吸吮着,嘴里一股熏香,他的睡眠总是似醒非醒。鸡啼叫了第一遍以后,雨中传来了脚步声。他听见窗户被什么硬物敲击了一下,一个影子雪白冰凉地映在窗纸上。你是谁?影子不说话。沉草想披衣下床的时候,听见姐姐说:"沉草,你如果是刘家的男人,就去杀了陈茂。"

"你说什么?"

"我去摘罂粟,你去杀了陈茂。"

沉草点亮灯,窗外的姐姐已经消失了。他觉得她很异样,他想也许是梦游,姐姐经常梦游。那阵脚步声消失在雨中,她去哪里摘罂粟?沉草仿佛又睡去,他蜷缩着不知过了多久,听见东厢房那儿闹起来,有人呼号大哭。他迷

罂粟之家 69

迷糊糊地往东厢房跑,看见爹蹲在姐姐身边。姐姐躺在地上,白丝绒旗袍闪烁着寒光,他看见姐姐的脖颈上有几颗暗红的齿痕,还有一道项圈般的绳迹。梁上那根绳子还在微微晃动。她把自己缢死了,她为什么要把自己缢死?沉草看见爹在掩面哭泣,爹说:"好闺女,男人都不如你。"

"她说她去摘罂粟。"沉草漫无目的地绕着姐姐尸体转,他闻见一股霉烂的罂粟气味从她张开的嘴里吐出来,她脸上表情轻松自如。沉草想要是我把那股气味吐出来,我也会变得轻松自如的。

"她说她去摘罂粟,我去把陈茂杀了。"沉草说。他看见爹猛然抬起头,嘴角痛苦地咧开笑着。他想这回灾难真的临头了。爹站起来抱紧他的脖子,爹的双手搓着他的脸,"她去了,沉草你怎么办?"

"怎么办?"沉草僵立着,任凭爹的手在他脸上搓压。他回忆起小时候陈茂也这样搓压他的脸,以前很疼现在却没有知觉了。你怎么办?沉草摸摸腰间的枪,枪还在,已经好久没使用过它了。沉草想了想说:"那好吧,我就去把陈茂杀了。"

沉草抬臂打了下垂在面前的那根绳子,朝外面走。娘从后面扑上来抱住他,喊道:"沉草你不能去,千万不能去。"爹也扑上来抱住了娘,爹说:"去吧,把陈茂杀了再回家。"娘说："去了还能回家吗？刘家就你一条根了。"爹说："管不了那些了，快去吧。"娘又喊了一声："沉草别去，你杀别人吧不能杀陈茂。"爹这时候一脚踢开了娘，爹吼着："骚货你到现在还恋着那条狗！"沉草回头看着两人相互缠拉的场面觉得很好笑，他说："你们到底让不让我去？"他看见娘卧在地上哭，爹的脸乌黑发青，爹推了他一把，说："沉草，去吧。"

那时枫杨树人还不知道刘家大宅发生的事。地里的人们看见刘沉草从家里出来，怕冷似的缩着肩膀。他朝人多的地方走，看见熟识的人就问："陈茂在哪里？"人们都好奇地看着他恍恍惚惚的模样，他们说你找陈茂干什么？沉草说他们让我杀了陈茂。人们都一笑了之，以为沉草犯魔怔了，谁也不相信他的话。有人头一次当着沉草的面，开了恶毒的玩笑："儿子不能杀老子。"沉草对此毫无反应。他经过地里一堆又一堆的人群，最后听见蓑草亭子那里飘来一阵悠扬的唢呐声，他就朝蓑草亭子那里走。

你要相信这一天命运在蓑草亭子布置了一次约会。陈茂这天早晨坐在那里吹唢呐，吹得响亮惊人，整个枫杨树都听到了那阵焦躁不安的唢呐声。陈茂看见沉草走过来了，怕冷似的缩着肩膀，他扔下唢呐说，少爷你怎么大清早的出来逛了？他忽然觉得沉草的神情不对劲，沉草皱着眉头把手伸向腰间摸索着,他看见一支缠着红布的驳壳枪对准了自己。陈茂以为沉草在开玩笑,但他又知道沉草从来不跟任何人开玩笑。陈茂抓挠着脸问:

"沉草你想干什么?"

"他们让我把你杀了。"

"你说什么?"

"他们让我把你杀了。"

"别听他们的。沉草你没听说过我是你亲爹?"

"听说了,我不相信。"

"要想杀我,让刘老侠来,你不行。"

"我行,我早就会杀人了。"

在最后的时刻,陈茂想找枪,但马上意识到他的枪已经被下掉了。"我操你姥姥的!"陈茂骂了一声,然后他把铜唢呐朝沉草头上砸过去。沉草没有躲,他僵立着扣响扳机。枪声就这样响了。沉草打了两枪,一枪朝陈茂的裤裆打,一枪打在陈茂的眼睛上。他低头看见驳壳枪在冒烟,他把枪在手中掂了一下,然后扔在地上。地上滚动着一只晶莹的小小的球体,他拾起来,发现那是陈茂的眼珠子,它黏糊糊地卡在两个指缝间。血已经在蓑草亭子蔓开了。沉草又找陈茂的生殖器,却找不到。他摸摸陈茂的裤裆,生殖器仍然挺立在他身上。"打不下来。"沉草咕哝着,他觉得这很奇怪。在这个过程中，沉草的嗅觉始终警醒，他闻见原野上永恒飘浮的罂粟气味倏而浓郁倏而消失殆尽了。沉草吐出一口浊气，心里有一种蓝天般透明的感觉。他看见陈茂的身体也像一棵老罂粟一样倾倒在地。他想我现在终于把那股霉烂的气味吐出来了，现在我也像姐姐一样轻松自如了。

庐方说事发后你看不见凶手沉草，谁也没看见他往哪里跑。人们赶到刘家大宅，在院子里见到了刘素子的尸体，刘素子死后躺在大竹榻上，容颜大变仿佛午夜的安睡。刘素子的黑发里插着一朵鲜红的罂粟。罂粟盛开的季节早已过去，你不知道地主一家是怎样把那朵罂粟保存下来的。

"刘沉草呢？"庐方问。

"死了，该死的都会死的。"老地主说。

"你们上火牛岭吧，沉草去投奔姜龙了。"翠花花说。

庐方带着人马上火牛岭搜寻凶手沉草。在一个山洞里，他们看见了沉草的黑制服和陈茂的铜唢呐，那两件东西靠在一起让你不可思议，但找不到人影，沉草不知跑到哪里去了。庐方的人马回到枫杨树已是天黑时分，远远地就听见整个乡村处在前所未有的骚乱声中。男人女人拉着孩子在村巷里狂奔。他们看见了火，火在蓑草亭子里燃烧成一个巨大的火炬。庐方拍马过去，他目睹了枫杨树乡村生活中惊心动魄的一幕。他首先发现死者陈茂被人从村公所搬迁了，死者陈茂被重新吊到了蓑草亭子的木梁上，被捆绑的死者陈茂在半空里燃烧，身体呈现焦黑的颜色弯曲着。而蓑草亭子燃烧着毕剥有声，你觉得它应该倾颓了，但它仍然竖立在那里。走近了你发现地上还躺着三具交缠的尸体，刘老侠、翠花花还有刘素子，他们还没烧着，惊异于那四人最后还是聚到一起来了。

"刘老侠——刘老侠——刘老侠——"

庐方听见围观的人群里，有人在高亢地喊着老地主的名字。你真的无法体会刘老侠临死前奇怪的欲望。庐方说你怎么想得到他连死人也不放过，他把陈茂的尸体吊到蓑草亭子上，临死前还把陈茂做了殉葬品。庐方说他从此原宥了死者陈茂的种种错误，从此他真正痛恨了自焚的地主刘老侠，痛恨那一代业已灭亡的地主阶级。

一九五〇年冬天，工作队长庐方奉命镇压地主的儿子刘沉草，至此，枫杨树刘家最后一个成员灭亡。

庐方走进关押沉草的刘家仓房，他看见被抓获的逃亡者坐在一只大缸里。庐方想起，他到枫杨树与刘沉草重逢也就是在这只大缸边。幽暗的空空的仓房里，再次响起一种折裂的声音，你听出来一部历史已经翻完掉到地上了。

庐方走过去敲了敲缸说:"刘沉草,给我爬出来。"

沉草好像睡着了。庐方把头探到缸里,看见沉草闭着眼睛,嘴里嚼咽着什么东西。"你在嚼什么?"沉草梦呓般地说:"罂粟。"庐方不知道沉草被绑着怎么找到了罂粟,他把沉草从缸里拉起来时,才发现那是一只罂粟缸,里面盛满了陈年的粉状罂粟花面。庐方把沉草抱起来,沉草逃亡后身体像婴儿一样轻盈。沉草勾住庐方的肩膀,轻轻说:"请把我放回缸里。"庐方迟疑着把他又扔进大缸。沉草闭着眼睛等待着。庐方拔枪的时候,听见沉草最后说:"我要重新出世了。"

庐方就在罂粟缸里击毙了刘沉草。他说枪响时他感觉到罂粟在缸里爆炸了,那真是世界上最强劲的植物气味,它像猛兽疯狂地向你扑来,那气味附在你头上身上手上,你无处躲避。直到如今,庐方还会在自己身上闻见罂粟的气味,怎么洗也洗不掉。

作家在刘氏家谱中记了最后一笔。

枫杨树最大的地主家庭在工作组长庐方的枪声中灭亡,时为公元一九五〇年十二月二十六日。

(1988年)

# 十九间房

一条土沟环绕着这个村庄,沟里很潮湿,长满了杨槐树和杂乱的灌木,那些百年老树繁密的枝丫多年来一直在疯长堆积,它们几乎遮蔽了整个村庄的天空。这是离湖最近的村庄,但是不管在湖上还是山上,人们都不易发现躲藏在树阴里的十九间茅屋。游乡的货郎偶尔推着独轮车从湖边经过,他们也常常遗漏了这个隐蔽的村庄。

山上的土匪金豹把这个村庄叫做十九间房,土匪们都这么叫,湖上的船民也这么叫,后来距此三十里地的塔镇人也知道十九间房了。

春麦背着一只竹筐从山上下来,春麦穿着黑布衫黑布裤子,腰里扎了一条红带子,他是从山上一路小跑着下来的。春麦的模样看上去有五十多了,但实际上还不到三十岁，春麦跟上金豹也才大半年的光景。

在紧靠着树沟边的晒场上，有一群半大的孩子在晒干草，十九间房的人习惯于到村外晒干草、晒粮食或别的什么。春麦看见儿子书来用杈子扒拉着一堆干草，书来在深秋天气里仍然光着脊背，赤着脚。春麦走过去时，有孩子嚷起来，书来，你爹下山了。书来迟滞地转过头朝春麦望了一眼，他撸了把鼻涕往短裤上一抹，什么也没说，书来低下头继续扒拉那堆干草。

怎么不叫爹？春麦的手在儿子光头心上拍了一记，他说，你娘呢？你娘在家吧？

书来只是指了指树沟后面的村庄，仍然没有说话。

春麦又一路小跑起来，跑到独木桥上他想起什么，回过头对书来喊，你变哑巴啦？没出息的货，半年没见你就变成哑巴啦？

走完独木桥就走到了村里，走到大片晦暗的不见阳光的树阴地里。十九间房的村民们自古以来就是在这片大树阴下生息，他们的茅屋常常以几棵大树的树干作房柱，以土坯和草苫匆匆搭建而成。这么简陋的居所历经年轮沧桑，虽然破败潮湿，但十九间房永远是十九间房，它们似乎与四周的树林已经浑为一体。

十九间房是分成三排错落有致的。春麦家在最后一排，最后一排的五户人家中，还有春麦的寡嫂水枝一家，还有春麦的几个堂兄弟。春麦走过水枝家门口，看见水枝正在舂米，她的一堆儿女有的在帮母亲干活，有的在地上乱爬。嫂子，我回来了。春麦把头探进去喊。他看见水枝朝他笑了笑，水枝对孩子们说，你叔回来了。孩子们拥了出来，拽他的衣角，捅他背上的竹篓，他们跟着春麦进了家门。

春麦看见锅灶上正在煮菜粥，稀薄的米汤上漂着切碎的菜叶子，淡绿色的，冒着热气。六娥不在屋里，六娥不知到哪里去了。你婶子呢？春麦问围在他身边的侄子们。侄子们都说不知道，他们的眼睛始终盯着春麦背上的竹筐。

叔你带糖块回家了吗？

糖块？春麦皱了皱眉头，他放下背上的竹筐把它倒拎起来，掉下来的是一卷花布。有屁个糖块。春麦恶声恶气地说，饿不死就行了，还想吃糖块？

春麦推开孩子们往门外走，他看见寡嫂水枝正倚在门框上，水枝的头发上沾满了细碎的谷糠，她正在用手拍打头上的那些谷糠。

六娥呢？你看见六娥了吗？

书来正在晒场晒草呢，你进村时没看见他？

我没问书来，我问你看见六娥了吗？

好像到前边村长家去了。水枝的表情看上去很暧昧。

正说着话，春来就看见六娥过来了，六娥穿着一件大红的衣衫，怀里抱着一只米箩走过来了。春麦发现六娥的脸像一张纸片似的半灰半白，他觉得有点陌生。但是他很快地就想起六娥的脸色本来就是半灰半白的，不光是六娥，十九间房的女人终年少见阳光，她们的脸都是像纸片似的半灰半白的。

六娥一进屋，春麦就关上了门。春麦夺下女人怀里的米箩，把箩里的米全部倾倒在粥锅里。他听见女人在后面尖叫道，你疯啦？要吃三五天呢。春麦丢下米箩说，我是疯啦，饿疯啦，熬疯啦。春麦一边抽裤带一边用身子把女人往灶后的柴堆上拱。女人说，不要脸的货，大白天的，书来一会儿就回家了。春麦也不说话，架起女人的双臂就把她往柴堆上按。

灶膛里的火烧得很旺，女人的鼻息急促地喷在春麦的脸上，带着一股新鲜的蒜味。春麦看见女人的脸被灶火映得红彤彤的，女人咬紧嘴角，闭着眼睛。春麦断定女人的这种模样是装出来的。

你身上怎么这样臭？六娥突然推了春麦一把，她坐起

十九间房　79

来吸着鼻子说，真的你身上臭死了。

怎么会不臭？我在山上天天给金豹倒屎尿盆呢。

没出息的货，你也就配给他倒屎尿盆了。

天天要倒几趟，没准就弄身上了。春麦也吸紧鼻子闻了闻自己的手和黑布衫，他说，是够臭的，真是够臭的。

没出息的货，听说你还替他擦屁股吧？

他让我擦我只好擦。春麦迟疑了一会儿说，谁让他是金豹呢？

这时候，他们听见上了闩的门被猛烈地推击着，门闩很快就掉落下来。夫妻俩没来得及掩藏什么，书来就进了门。他们只好缩在灶角一动不动，猜测书来是不是已经发现他们了。

书来拿了碗从煮沸的粥锅里盛了一碗菜粥，站在灶边哧溜哧溜地喝起来。他听见灶后响起父母的耳语声，耳语声逐渐变成争吵，书来一言不发，只顾喝着滚烫的菜粥。

你去村长家干什么了？

干什么了？去借米。你没看见我抱着个米箩回家吗？你没看见家里揭不开锅了？

找谁借米不行，非要找那个下流货借？

你说他下流，可他家的米囤堆得像山一样高。你在山上给金豹倒了半年屎尿盆，你带什么回家了？

我带回几尺花布来,是那天打劫塔镇布庄弄来的,带回家给你缝衣裳。

没出息的货,天天给他倒屎尿盆,结果就带了几尺花布回家。村长不当土匪,可他家的米囤堆得像山一样高。

六娥说着披上衣裳从柴堆里爬起来,六娥走到灶台边,书来正在盛第三碗菜粥,六娥夺下儿子手里的铁勺,她说,饿死鬼投胎的货,给你爹留几口吧。

第二天早晨,春麦在村里转悠着,雾气很浓,树上夜来凝结的水珠淅淅沥沥地滴落,就像下雨一样。春麦的头发和衣裳鞋子一会儿就湿透了。到山上去了大半年,春麦已经不习惯十九间房的潮湿气候了。春麦想人还是应该住在太阳里的,那些先祖列宗怎么就选中了这片树林建造十九间房呢?

树沟旁边垒了一座新坟,那是春麦的胞兄大壮的坟。春麦看见坟头上的青草已经有过膝之高了。春麦骂了一句,没良心的货,他是在骂寡嫂水枝。春麦想人才死了大半年,坟上的草已经长得这么高,她怎么就不知道到坟上来锄锄草呢?坟上的草长得这么高,要她这个大活人干什么呢?

大壮是死在日本人的枪口下的,但春麦和六娥以至十九间房的村民，都认为是水枝害了大壮。那时候日本人刚刚在二十里地外的塔镇驻下，日本人守着通往塔镇的路口，不让外村的人进镇。十九间房的村民都知道不能去塔镇赶集了。但水枝非要让大壮去塔镇卖掉一车柴禾不可。水枝说，别人都不去才好呢，别人都不去，你那车柴禾才好卖呢。大壮推着一车柴禾往塔镇赶，大壮听不懂过路的日本兵说的话，他朝他们作揖鞠躬，试探着把柴禾车往镇里推。大壮把柴禾车推进去一段路，突然就撒开腿跑起来。后面的日本兵就是这时候开枪打他的，一枪打在后背上，一枪打在脑勺上。隔天春麦跟着村长去塔镇拖回了大壮的尸体，大壮躺在柴禾车上，身子下面的柴禾还绑得严严实实的，一捆也没卖掉。在回村的路上，村长说，他跑什么？他要是不跑，也不会丢了性命。春麦就学着六娥的话说，是水枝害了我哥，那白虎星是克男人的货。

春麦在坟上拔草，听见鸟雀在树梢上的啼鸣声连绵不绝，鸟啼声也像雨点一样落在十九间房村里，落在春麦光裸的头顶上，除此之外，女人早起喂鸡的叫声和敲打猪食槽的声音也从三排茅屋间传来。春麦无端地有点烦躁，坟上的草拔到一半就停止了。春麦拍了拍沾满湿泥的手站起来，他想坟里的人死都死了，还在乎草吗？死人什么也看不见，他们才不在乎坟上有没有草呢。

一个戴毡帽的男人弓着腰站在树下，他一边撒尿一边回头朝春麦张望着。那是村长金官。春麦一看见金官，就想起昨天六娥借米的事。借一箩米怎么要那么长时间？春麦怀疑他离家这段时间，六娥和金官有什么勾搭。这个下流货，仗着钱势不知勾搭了村里多少女人。

春麦你回来啦。金官系着裤子走过来。

回来啦。春麦说怎么不回来？再不回来我家的屋顶都要塌了。

怎么会呢？要塌也是昨天夜里塌，昨天夜里你家的动静全村都听得见。金官哂笑着走近春麦，突然伸手在春麦的裤裆里掏了一把，他说，这会儿像个蔫茄子一样了。

春麦甩开金官的手，用脚底板踩着坟上的土，春麦不愿意和金官多说话。

回来干什么来了？

不能说。金豹的事不能乱说。

你不说我也知道。山上的事我知道的可比你多，别忘了金豹是我的叔伯兄弟。金官一笑，露出嘴里的一颗金牙和一颗银牙。他摘下头上的毡帽拍去上面的露水，然后又重新戴好帽子。金官有点鄙夷地扫了春麦一眼，弓着腰朝前走了几步，突然又站住说，你可要当心，别人干什么都行，你这种小鼠小兔的货可千万要当心。

十九间房　83

春麦觉得金官的话很刺耳，但想半天也想不出来他到底是什么意思，春麦就对着金官虾米似的背影啐了一口。

金官其实倒提醒了春麦那件大事，春麦突然想到下山前金豹交待的话，他差点把大事给忘了。春麦敲了敲自己的脑瓜，疾步朝家里跑。跑到家门口，六娥和书来一人挑了个水桶从屋里出来，他们好像是要去井上挑水。

坏了。春麦冲进屋里，撞掉了书来的扁担和六娥手里的桶。坏了，差点坏事了。春麦冲进屋里又退出来，朝屋后的地窖那里跑。

你疯了，你往哪里跑呢？六娥追上去喊。

地窖。金豹让我把地窖空出来呢。春麦气喘吁吁地说，金豹让我一下山就把地窖空出来。

干什么？我家的地窖碍他什么事了？

你别瞎问。春麦拉开地窖的天板，定了定神说，金豹说不能走漏了风声，谁也不能告诉。

金豹是你爹，金豹让你干什么你就干什么？六娥拿了扁担往春麦的腰上捅，我不准你干，你要闲得发慌就跟书来挑水去，让我享享福歇一口气。

你什么都不懂。春麦把女人拉到身边，凑到她耳边说，金豹明天下湖劫船，弄来的货要存放在我家地窖里。

我们得把地窖里的东西腾出来啦。

腾出来？那么多东西往哪儿腾？我家的地窖凭什么给他们窝赃？

你别大喊大叫的，小心让旁人听见。春麦伸手捂住了女人的嘴，又在她臀上捏了一把，谁让人家是金豹呢？春麦说，谁让我跟着金豹混呢？他让腾地窖就得腾。

你怕他我可不怕他，他能把我吃了？六娥扔掉手里的扁担，猫着腰先进了地窖，六娥的身子在窖里，脸还浮在外面。要是给我家留下一半东西，那还差不多。六娥对春麦说，不能让他白白地占着我家的地窖。

春麦嘿嘿笑着不知该怎么回答，猛地听见六娥骂道，狗屁，你做梦去吧。春麦不知她是骂自己还是骂他。春麦正想跟进去，回头看见书来拎着水桶呆呆地站在后面。书来好像拿不定主意该干什么。

挑水去呀。春麦朝儿子挥了挥手，十来岁的人了，挑水都不会挑吗？

书来就拖着扁担和水桶独自去了井台。井台边聚了好多人，大大小小的水桶堆了一地。书来只好慢慢地等，他听见人们在井台上低声地议论着什么，金豹，金豹，金豹，这个响亮的名字不停地灌进书来的耳朵，书来预感到十九间房快要发生什么事情了。

半夜里,十九间房的狗一齐吠叫起来,金豹的队伍牵着马挑着担子进了村子。十九间房每户人家的窗纸上都亮起了油灯的灯光,他们从门缝处或窗纸洞里观望金豹的队伍,他们看见那群人那些担子停留在春麦家门前。

快起来,金豹到了。春麦推醒身边的六娥,他从床上跳起来说,快穿上衣服起来吧,你得给金豹弄些吃的。没东西给他吃。六娥迷迷糊糊地坐起来,又躺下去了。她说,深更半夜的,我还要睡呢。我没东西给他吃。

不知好歹的货。春麦一边骂着一边扑到门前去拉门闩,砰的一声,门已经被外面的人踢开了,拥进来的是一股秋夜特有的寒气和几条黑黝黝的人影。我该死,我以为今天来不了啦。春麦刚刚想解释什么,脸上已经挨了一记耳光。春麦没看清楚是谁,但他知道打他的肯定是金豹。他听见金豹他们的衣裳上有水珠滴落下来,每个人身上都是湿漉漉的。春麦猜测他们劫船时都掉到湖里去了,大概这船货劫来不容易。你站着干什么?帮他们把货弄到地窖里去。金豹又推了推春麦,他说,把我冻死了,我该去暖和暖和了。

春麦来到地窖边,已经有人开始把货往地窖里搬了。书来不知道是什么时候起来的,他站在旁边呆呆地看那几匹马,看搬货的那群人。春麦敲了一记儿子的头顶,你站在这儿干什么?回家让你娘煮饭去。

一群人摸黑把一个个货包往地窖搬。春麦干得很卖力,他估计货包里装的是粮食,用手掐一下是软的,也许是面粉袋,掐一下是颗粒状的,不是米就是盐。春麦想不管是什么总有他的一份,他到山上跟着金豹干图的也就是这一份。搬了几袋,金豹的副官又让春麦放手,不知是什么意思。春麦想不让我干更好,省点力气更好。

春麦回到屋里,看见山上的兄弟们每个捧着碗围在灶边,有几个靠在柴堆上呼呼地睡了。书来正在烧火,他抬起头望着春麦,又望望里屋的门,表情有点怪异。春麦就去推里屋的门,推不开,里屋的门好像闩上了。春麦回过头环视了一圈,没有看到六娥的人影。春麦的心猛地拎起来,猛地又沉下去了。一个兄弟对他嬉笑着说,金豹冻坏了,金豹钻你的被窝暖和身子去了。

该死的货。春麦用肩膀去撞里屋的门板,旧门板嘎吱嘎吱响了几声,里面没有什么动静。春麦用一根木棍去拨袒露的门闩,门闩掉了下去,门就开了。春麦跟跄着撞进去,被窝里的两个人立刻坐了起来。他们在黑暗中互相对视着,床上的两个人赤裸的身子泛出一圈暗红色的光晕。春麦的喉咙里发出含糊的呻吟声,春麦竖起手掌挡住了自己的脸。

你来干什么？我还没暖和过来呢。金豹在黑暗中说，尿盆在床底下，尿盆快满了，你马上给我倒掉吧。

春麦没说话，春麦的牙齿像打摆子一样咯咯地响。

你站着干什么？快去把尿盆倒掉吧。金豹在黑暗中说。

春麦走过去端起了尿盆，他的双手也像打摆子一样发抖，半盆尿溅翻在地上。这时候，他听见床上的女人咬牙切齿的骂声，没出息的货，没出息的货。

春麦走到屋外，突然忘了该把尿盆倒在哪里，他就端着它绕着屋子走。走到屋后，猛地发现一个人影伏在后窗窗台上，春麦顺手就把半盆尿往黑影的脚下泼去。

人影惊叫着跳起来，原来是隔壁的寡嫂水枝。

深更半夜的你趴在窗上看什么？

看什么？又没有看你。水枝在黑暗中嗤笑了一声，她压低了声音说，不知羞耻的货，你还有脸给他们倒尿盆？眼睁睁地看着那货给你戴绿帽子，你还有脸给他们倒尿盆？

六娥在睡觉，深更半夜的，你也回屋睡觉去吧。

你要是男人，你要是有点血性就进去砍他们一刀，要不你就往自己脖子上抹一刀吧。

我家的事不用你管,你回屋睡觉去吧。

春麦听见自己的嗓音突然变得喑哑起来,心口像坠了一块石头似的沉重。他端着尿盆走到门边站住了,极目环顾夜雾中的村庄,四周是漆黑一片,偶尔有些细碎的星月之光穿透村庄上空的树阴投泄下来,地上浮起几道银白色的光纹。从湖上吹来的大风摇撼着每一棵树和每一间茅屋,萧萧的风声像鱼一样在村庄里游荡回旋。春麦打了个寒噤,手里的尿盆噗地掉在泥地上。狗日的下流货。春麦哽咽着骂了一句。狗日的下流货欺人太甚了。春麦抱着自己的双肩在柴垛边徘徊,他听见有人从门里出来,站在墙根哗哗地撒尿。春麦,你今天夜里怎么睡?那人用一种嘲谑的语气对他说,你今天夜里就在灶间跟我们挤一挤吧。

春麦没有说什么,他的目光盯着柴垛上的一块闪闪发亮的光晕。那是一把柴刀。春麦上前在柴刀的柄上拨弄了一下,柴刀就从柴垛上滚下来了。狗日的下流货,不砍你砍谁?春麦嘀咕着抓起了那把柴刀。春麦没想到沾了秋露的柴刀是这么凉,刀把上的凉气钻进了他的心里,钻进了他的骨头里。

春麦抓着柴刀闯进屋里,他看见油灯昏暗的光照耀着那群人青黄斑驳的脸,他们东倒西歪地睡着了。儿子书来从灶后站了起来,书来用一种奇怪的目光注视着春麦和他手里的柴刀。爹,书来发出的声音一半卡在喉咙里,另一半却像一只虫子钻进了春麦的耳朵里。春麦又打了个寒噤,他换了一只手抓那把柴刀,他说,我要砍了那下流货。砍了那下流货。

春麦摇摇晃晃地撞进里屋,右手挥举着柴刀朝床边挪过去。床咯吱响了一下,床上的两个人坐了起来。金豹一边在黑暗中摸驳壳枪,一边对春麦的黑影说,春麦,你来干什么?春麦挥举着柴刀朝金豹一步一步地挪过去,他说,当我的面睡我的女人,你金豹欺人太甚了。金豹在枕头下摸着,没有摸到他的枪,金豹就把六娥拉到前面挡住他的脑袋,冷不防高叫道,春麦,倒尿盆去!

春麦的黑影晃了晃,他下意识地朝身后看看,什么也没有。黑暗中响起金豹沙哑的狂笑声,金豹已经从被窝里摸到了他的驳壳枪,与此同时他把六娥推下了床。

春麦,我看你再敢往前走一步。金豹扣上扳机,用枪柄敲打着床沿,春麦,走呀,你再往前走呀。

春麦往前走了一步就站住了,春麦抓柴刀的手就像一根树枝被风突然折断,突然垂下来。哐当一声,柴刀掉在冰冷的砖地上。

捡起刀,春麦,捡起刀来砍我呀。金豹在黑暗中说。

捡就捡,欺负人的下流货。春麦嘟囔着,他的声音已近似于哭泣。当我的面睡我的女人，你金豹欺人太甚了。春麦捡起了柴刀，他说，我豁出去了，我不能让全村人戳我的脊梁骨。

油灯就是在这时候突然亮了，是六娥点着了窗台上的油灯。六娥的一只手撑着窗台，另一只手捂着她的脸，花布衫草草地遮掩着女人的乳房。春麦揉了揉眼睛，从头到脚看他的女人。春麦说，贱货，你还有脸点灯。六娥放下了捂着的手，她脸上如梦乍醒的神情使春麦愤怒，而她的若无其事的目光则使春麦愤怒得发狂。

你看你女人，春麦，她脱得快穿得也快。金豹用驳壳枪对准着春麦，他咧嘴笑着，腾出一只手在私处抓挠了几下。金豹说，春麦，你要是也想尝尝杀人的滋味，不如去砍你女人，她真的是个贱货，去呀，去砍了这个贱货。

畜生。六娥朝金豹啐了一口，然后她伸出脚到床下去勾她的鞋子。六娥一边穿鞋一边瞟了春麦一眼，她说，你还拿着刀干什么！你到底要砍谁呀？没出息的货。

砍你，砍你这不要脸的贱货。春麦说。

不敢砍金豹就敢砍我？六娥冷笑了一声，她穿好鞋子，又到桌上去摸梳子。六娥将蓬乱的黑头发梳理了一遍，回过头看看春麦，又看看金豹。砍我？六娥突然呜呜哭了起来，她摔掉梳子把一条手臂伸到春麦面前，边哭边说，畜生，猪狗不如的货，你要砍我，我让你砍，我就让你砍。

砍。春麦咬牙切齿地说，就砍你这不要脸的贱货。

春麦觉得血往头顶涌去，发出一声轰鸣。春麦吼叫着举起柴刀向女人半掩半露的手臂砍下去，刀卡在那里拔不出来了，他听见六娥的狂叫和骨头断裂的脆响，纷飞的血珠全部溅到春麦的脸上。

鸡鸣三遍了，是早晨了。十九间房的天空灰蒙蒙的，由于村庄上空盖满了百年老树的树阴，十九间房早晨的天空总是这样灰蒙蒙的。

书来扛着水桶出了屋子，走了一段路他突然想起什么，把水桶往路边一扔，撒开腿就往自家地窖那里跑。书来跑到地窖旁，刚把窖顶拉开，看见水枝站在她家墙下朝他张望着，书来就又把窖顶拉上，他不想让水枝知道他要干的事情。

书来，金豹他们走了？水枝说。

走了，天没亮就走了。书来说。

你爹呢？水枝说，你爹又跟金豹上山了？

驮着我娘上塔镇了。书来说。

上塔镇干什么？水枝提高了声音说。

找医生。我爹把我娘的手臂砍断了。

水枝站在墙下愣了一会儿，然后又急急地跑过来，她扶着书来的肩膀看了看他的表情。快告诉我，水枝说，你爹怎么就把你娘的手臂砍断了？

砍断了就是砍断了。书来有点厌烦地转过身去，抬脚踩着地上的泥，我不知道，你去问我爹。书来想了想又说，这回你该高兴了，你不是老在村里人面前骂我娘吗？

乱嚼舌头的货，以后不准你这么说。水枝在书来的头顶上拍了一巴掌，又替书来拽了拽裤子，水枝叹了口气说，天早凉了，也想不到让孩子穿上件衣裳，她自己倒是穿得又红又绿的。

书来没说什么。书来抬头看了看大槐树，槐树叶子已经落尽了，仍然有鸟在枯枝上跳来跳去，仍然有晨露从枝头飒飒地落下来。

金豹把什么东西藏在你家地窖里了？水枝问。

没有。什么也没藏。书来说。

小孩子家不兴骗人。我夜里都看见了。水枝说。

没有。金豹不让说，我爹我娘也不让说。

是粮食吧？要是粮食就让我背一些回家，他们不会知道的。你不说他们谁也不会知道的。

水枝试着想拉开地窖的顶，但它被书来的双脚紧紧踩住了。书来的脸上出现了一种罕见的严峻表情，他对水枝说，粮食已经被他们带上山了，剩下的全是枪和子弹，你懂不懂？剩下的全是枪和子弹。

我的娘。水枝惊惶地瞪大了眼睛，跑到离地窖远一些的墙根下站着。水枝看了看书来，又看了看地窖旁杂乱难辨的脚印，她说，这帮该死的货，他们要给十九间房惹大祸啦。

到了秋天，十九间房最漂亮的女人六娥成了个独臂女人。塔镇的伤科医生从没见过这样耷拉成两截的胳膊，自然也无法把它们重新接成原样，伤科医生干脆就割下了六娥的半截胳膊。他在为六娥的伤口敷家传绝药时，突然想起来问，谁把她砍成这样？是日本兵吗？一边的春麦闷着头不说话。伤科医生又问，拿什么砍的？是日本兵的军刀吧？春麦仍然闷着头说不出话来。这时候六娥突然从昏迷中苏醒过来，六娥用另一只手指了指春麦，她说，畜生，是畜生干的。

六娥让书来搬张竹凳放在屋后，六娥就坐在竹凳上晒秋天的太阳。秋天的太阳很稀很薄，穿越那些百年树阴的阳光很细很淡，因此六娥的脸仍然像纸人似的没有一点儿血色。早晨的风却顺畅地穿越村庄四周的树林，风吹起六娥的半截空空荡荡的衣袖，六娥的衣袖发出一种细碎的噼啪之声，就像出殡人手里的丧幡迎风作响。

六娥看着在地窖边忙碌的父子俩，春麦和书来正在用灰泥给地窖封顶。书来的脸和手都沾满了泥印，春麦一边糊泥一边用不安的目光朝六娥张望着。

风大了，回屋歇着吧。春麦对六娥说。

六娥不说话，转过脸朝井台那边看，井台那边也有一群女人在朝这边看。

风大了，小心吹坏了身子。春麦又对书来说，扶你娘回屋去吧。

六娥站起来，朝地上鄙夷地啐了一口。她说，我不跟畜生说话。书来，扶我到村里走走，我要听听那些乱嚼舌根的货到底在说些什么。

书来就撂下手里的灰泥桶，扶住六娥往前走。他们走到井台上，井台上的一群女人立刻停止了交头接耳，纷纷走开了。六娥骂了一声，咬着牙说，我倒非要听个清楚，她们到底在嚼什么舌头。书来就扶住六娥跟着女人们湿漉漉的脚步走。六娥的身子像树上的旁枝一样朝左侧倾斜着，六娥的脸像纸人似的没有一点血色。

走过石板铺就的短短的村巷，走到村长金官家门口，看见金官坐在门槛上卷纸烟抽。金官朝六娥咧嘴一笑，吐出一口辛辣呛人的烟圈，露出嘴里的一颗金牙和一颗银牙。

你的手臂结上疤啦？金官说，剩了一条手臂走路就别这么火烧火燎的了。

剩了一条手臂，谁乱嚼舌头我照样刮他的耳光。六娥说。

刮谁的耳光呀？金官说，谁砍了你就刮谁的耳光，你该回家刮春麦的耳光。

春麦是我男人，他愿意砍，我愿意挨，我们夫妻的事谁也管不着。六娥站在村长金官家门口，故意放大了嗓门朝左右人家喊，谁要在背后乱嚼舌头我就饶不了他。

金官摇了摇头，他站起来跳到鸡笼上，朝后面的七间屋张望。金官看见春麦正在埋着头用灰泥给地窖封顶。

春麦不上山啦？春麦不跟金豹干了？金官问。他怎么还能上山？田里的活现在得让他干，他砍了我，现在就得伺候我了。

你家地窖里藏了什么？金豹把什么东西藏你家地窖里了？

什么也没有，是我家的冬粮和杂物，金豹的东西那天夜里就运上山啦。

你骗不了我。我可什么都清楚，好好的地窖怎么就封上顶了？

准备过冬呢，怕老鼠在里面做窝呢。

我可什么都清楚。金官又朝六娥咧嘴一笑，他说，我是一村之长，金豹面前、镇长面前、日本人面前都要应付，出了什么事我可难办了。金官看了看六娥的脸色，他从鸡笼上跳下来，顺手在书来的裤裆里掏了一把，书来敏捷地躲开了。金官拍了拍手上的灰，绷着脸对六娥说，你让春麦当心，别给十九间房惹祸，他这种小鼠小兔的货，不要掺和杀人越货的事。

过了约定取货的日子，仍然不见金豹和他队伍的影子。春麦有点心神不定起来。春麦每天忍不住地跑到屋后的地窖边站上一会儿，心里琢磨金豹是怎么回事，怎么把这批赃货丢在他家不管了。春麦想想有点发慌，虽然金豹不准他打开任何货包，虽然他不敢擅自打开那些上了封条的沉甸甸的大木箱，但他知道木箱里装的不是粮食和盐，只会是危险的武器和弹药。

春麦在地窖边转悠的时候，隔壁的寡嫂背着孩子走过来。水枝的脸上是一种焦灼而惊惶的神色，她走过来用脚底敲了敲地窖上新糊的泥顶，水枝说，春麦你还不把东西扔了？趁黑夜拖到湖里去，谁也看不见，你可别给村里惹下什么大祸了。

你胡说些什么？你要让我把什么扔了？

枪，金豹藏这里的枪呀。水枝说，你还以为我不知道？你家有什么事能瞒过我的眼睛？

操他娘的。春麦突然就无力地蹲了下来，抱住头愣了半天，哑着嗓子说，可是这是金豹的货，他不让我扔我怎么能扔？他会把我杀了，他不会饶过我的。

你还以为别人不知道这地窖里的东西？半村人都知道你家藏着金豹劫来的枪。你会给村子惹下大祸的。

你快闭上你的乌鸦嘴。春麦猛地朝水枝吼了一声，他揪住小杨树干的树皮，声音里充满了怨恚。春麦说，都是让你们坑的，要不是你害死了我哥，要不是我一个人填两家人的肚子，我也不会上山跟金豹那货干，我也不会落到现在这个地步。

怪得了我吗？水枝冷笑了一声，说，你怪你家那个招蜂引蝶的骚货吧，依我看你真该把她的胳膊一齐砍了。

你再胡说我就把你也砍了。春麦怒视着水枝说。春麦阴沉的眼神和颤抖的嘴唇吓了水枝一跳。春麦话音未落，水枝就背着孩子溜走了。

夜里春麦睡不着觉，听见窗纸在大风里扑簌簌地响着，房顶上的茅草也在沙沙地抖动。春麦觉得冷，弓着身子往六娥旁边凑，他说，还没到冬至，天怎么就冷起来了？六娥伸过她的独臂撩了春麦一会儿，春麦却打不起精神，六娥就骂起来，你倒装起圣人来了？不中用的货。说完六娥就转过身自顾睡觉了，剩下春麦瞪着眼睛望着漆黑的房顶和小小的幽蓝的天窗，仍然觉得冷。

春麦睡不着觉，后来他把睡熟了的六娥弄醒，对着她的耳朵说，你还睡，天都快塌了，你还睡。

又怎么啦？六娥迷迷糊糊地说，别人想睡你不睡，别人不想睡你装圣人，你到底是怎么啦？

地窖里那些东西迟早会惹祸，我想起这事心里就发慌。

你想怎么办？要不我们趁天黑把那些东西扔了，现在就去把它们扔了？

扔？春麦在黑暗中苦笑了一声，金豹的东西我敢扔吗？我想来想去还是得到山上去一趟，到底怎么办我得问问金豹才行。

不行，我不让你再走了，你要是敢再走，我就敢把野男人叫到这床上来睡。

就去两三天，快去快回不行吗？

我说了，你要是敢再走一步，我就敢跟野男人睡，你别以为我少了条胳膊就没人要了。

蛮不讲理的货。春麦打了女人一记耳光，用拳头砸着草铺,哽咽着说,那让我怎么办?你让我等着砍脑袋蹲大牢吗?

没见过你这么胆小的货。你是怕人去塔镇告发我家吗?十九间房自古以来都是一家倒霉全村遭殃,村里人谁敢去告发?谁敢去我先铰了他的舌头挖了他的祖坟。

知人知面不知心,谁知道呢。春麦想了想说道,我还是得上山找金豹去。你这个不要脸的贱货,你想跟谁睡就跟谁睡吧,大不了我再砍你一条胳膊,我伺候你一辈子。

鸡鸣三遍了,又是早晨了。春麦背起布褡走出房门时,听见床上的女人喉咙里咔地响了一声,他知道那是六娥特有的哭声。哭什么?我又不是去死。春麦嘀咕着到灶台上抓了几只红薯塞进布褡,他看见儿子书来从柴堆上爬起来,睡眼惺忪地望着他。春麦朝书来走过去,在他头上揉了几下,说,参要上山办点事,你在家好好干活。书来点点头又要往柴堆上躺,春麦又把他拉起来,春麦瞪着儿子说,好好看着你娘,别让她到处乱跑。书来仍然迷迷糊糊地点着头,春麦怕他没听清,又大声重复了一遍,然后春麦走到门边打开了门,门外涌进来一股潮湿的雾气和暮秋特有的冷风。春麦一脚跨出了门槛,另一只脚犹豫着滞留在门内,他突然又想起什么,回过头对书来喊,好好看着地窖，听见了吗？好好看着我家地窖。

出了村庄就到了砂土路上，土路很窄，只容一骑一人通过，环抱着北面浩渺的大湖和平缓的长满庄稼和杂草的滩地，路的一头通往塔镇，另一头则向驴儿山、牛头山和鱼山延伸过去。站在砂土路上，回首遥望十九间房，视线所及的只是一些高大的遮天蔽日的树枝，或者枝头常绿，或者落叶飘零，小小的村庄却陡地消失不见了。

春麦沿着砂土路朝驴儿山的方向走。金豹的营寨扎在驴儿山的后山上，春麦当然是朝驴儿山的方向走。出村前春麦没遇见个人影，只是通过独木桥时，猛然看见土沟里有个人在拾狗粪，是村长金官在拾狗粪。春麦不想让金官看见，缩着脑袋跑了几步，金官却在土沟里喊了起来，春麦，你去哪儿？春麦只好站住，心里暗暗骂道，这个专管闲事的货，眼睛怎么就比秃鹰还毒呢？

去塔镇，去塔镇办点事。春麦说。

你要是去塔镇就给我捎两包烟叶回来，再捎上一瓶烧酒回来，钱你先替我垫着。金官说。

我没钱垫，你要是想让我捎东西就回家取钱去，我在这里等着。

嘿，说的倒像那么回事。金官站在土沟里用铁爪敲着狗粪筐子，他哂笑着说，我一转身你就跑了，我知道你不是去塔镇，你是去山上，去金豹那里。

随你说吧，反正我爱上哪儿就上哪儿，你可管不着。春麦讪讪地答着又往前走，他听见金官在土沟里很响地咳嗽了一声，金官大声说，春麦你可要当心，当心日本人，当心国民党，当心金豹砍了你。春麦愣了愣，回过头来不甘示弱地说，我爱干什么就干什么，你可管不着。春麦朝地上啐了一口，径直往前走，金官的铜锣嗓又在土沟里不依不饶地响起来，春来，你算个什么东西？乱世江湖是你闯的吗？迟早丢了你的狗命。

春麦想我真是倒了霉啦，每次上路总是要碰到这个讨厌的贼货。春麦想金官以后再来惹我，我就从地窖里拖杆枪把他崩了。春麦朝山上走去，太阳光照耀着霜露浓重的砂土路，路面泛射出一种奇怪的金子般的光泽。不仅是这条环湖小道，远处驴儿山的峰峦岩石上，也像流金般地耀眼夺目。太阳是从湖上升起来的，太阳最终落到驴儿山与鱼山的峰谷里，日子就这样一天天过去。春麦从小就是这么想的，不仅是春麦，沿湖居住的每一个农人或船民几乎都是这么想的。

春麦走到十步桥码头时，看见湖边停泊着两艘日本人的汽艇，一群荷枪实弹的日本兵正在检查码头上的渔船和货船，码头上的气氛肃杀，船民和小贩们的脸上都是诚惶诚恐的表情。春麦不知道这里发生了什么，随口问那些坐在岸上补网的船女。船女说，日本人在找枪，日本人丢了好多枪，他们天天在这里搜查。

春麦吓了一跳，脸立刻白了，下意识地想跑，脑子里又闪现出哥哥大壮躺在柴禾车上的景象。春麦不敢跑，就垂着手慢慢走。要惹祸了，真的要惹祸了。春麦这样想着，脚步像棉花一样疲软起来，老是想回头望一望码头上的日本兵，却又不敢回头望。前面的路现在是漫无边际了，春麦扶住路边的一棵杨树，眼睛望着远处的驴儿山，嘴里一迭声嘟囔着，金豹，千刀万剐的强盗货，狗日货，害人货，你可把我坑苦了。

村口来了个货郎，年轻的货郎把独轮车架在树干上，摇起拨浪鼓，立刻招来了十九间房的女人和孩子。很少有货郎到十九间房来，因此独轮车上的油盐针线很快被女人们抢光了，剩下的是插在草秆上的那些红红绿绿的糖人儿。年轻的货郎对围在一边的孩子们说，回家去找废铜烂铁来了换糖人儿给你们吃。一群孩子就发疯般地往家跑。十九间房的孩子们都想吃那些红红绿绿的糖人儿。

书来跑步回家，急急地搜寻着破铁锅破脚炉之类的东西，结果却一无所获，匆忙中他去卸木柜上的铜挂锁，卸不下来，倒把六娥惊动了。六娥从外屋奔进来骂道，该死的货，好端端地你卸锁干什么？书来也不回答，又急忙跑步到屋外，摸摸墙根下的锄头和犁耙，又摸摸柴堆缝里插着的柴刀。书来知道锄头和犁耙是干活用的，柴刀是劈柴用的，家里哪样也少不了。书来抬起头去看屋檐下挂着的杂物，终于发现一只从木桶上拆下的铁箍，书来就狂喜地爬到窗台上摘下了那只铁箍。

书来肩挎铁箍跑到村口，看见货郎的独轮车上只剩下稀稀落落的几根糖人儿了。书来把铁箍往车上一扔，手就伸上去要摘草秆上的糖人儿，但书来的手被货郎抓住了。年轻的货郎笑眯眯地对书来说，你的东西不值钱，一只烂铁箍换不了一根糖人儿，回家再找找去。书来着急地说，都找过了，我家没有东西了。货郎还是笑眯眯地说，没有就别吃糖人儿了。

书来沮丧地站到一边，看着其他孩子把糖人儿含在嘴里往村里跑，心里备受煎熬。书来看了看货郎，突然急中生智，他就跑过去拽住货郎的衣角说，我家有值钱的东西，我拿来换糖人吃，别让村里人看见行不行？货郎弯下腰说，是什么值钱东西？你拿来，我不让人看见就是了。书来说，拿来你就知道了，肯定是值钱的东西，你得给我留一个糖人儿。

货郎站在村口等了很长时间，不见书来的人影，他想那孩子肯定是拿了家里的金银首饰给大人拦住了。货郎推起独轮车想继续赶路，刚上独木桥就被书来喊住了。书来满脸满身都是灰土，气喘吁吁地跑过来，书来的一只手在怀里掖着什么，迅疾地往货郎手里塞去，书来说，给你一把枪，给我一个糖人儿。

货郎惊呆了，他认出那是一把真正的驳壳枪。货郎想说什么，结果什么也没说，他同样迅疾地拔下草秆上剩余的三根糖人儿，一齐塞在书来怀里，然后他推着独轮车像逃似的奔过独木桥，离开了这个古怪的树林下面的村庄。

热闹了半天的村口重新沉寂下来，剩下书来一个人站在独木桥畔。书来把糖人儿的头咬下来，格格地嚼着，然后又咬下糖人儿的手和腿，嘴里是一股酽厚的甜味。书来听见树林上空响起一阵鸟群扑翅的声音，他抬起头看见一群白鸟倏地飞离了村庄。书来只知道天快要黑了，一天快过去了，书来不知道明天后天会发生什么事情。

春麦是半夜里回到十九间房的。春麦跌跌撞撞地走进家门，瘫坐在地上起不来了。六娥托着油灯出来，拿油灯照他的脸，春麦脸上惊恐和绝望的神色把六娥吓了一跳。

我捡了一条命。春麦说。

十九间房　105

没头没脑的货,你说些什么?

这回没跟金豹上山,我捡了一条命。

没头没脑的货,到底怎么回事?

山上的兄弟们都死了,驴儿山的寨子让日本人一锅端了。寨子里现在都是野狗,十几条野狗在那里啃死人肉。

金豹也死啦?

他们说金豹没死,金豹一个人攀着藤索逃走了,那个又奸又猾的货,就让他一个人逃走了。

这狗日货命大呢。六娥有点暧昧地叹了一口气,她伸手去拉春麦,但春麦瘫坐着的身体像石头一样沉,拉不动。春麦的嘴唇仍然哆嗦着,只是重复一句话,我命大,那天没跟金豹上山,我命大。

是我一条胳膊救了你的狗命?六娥冷笑了一声,她摸摸那只空袖管说,要是那样,我这条胳膊也算没白丢。

春麦后来昏昏沉沉地睡过去,两只手却一直紧紧地搂着六娥的腰肢。六娥听见春麦在梦里发出女人般的抽泣声,时断时续的。六娥讨厌这种声音,春麦每抽泣一次她就去拧他的鼻子,但春麦毫无知觉。六娥看见男人的眼角淌出一滴泪珠来,六娥不忍心了,她用手背替他抹掉了那滴泪珠,边抹边骂,没出息,多没出息的货呀。

大清早的春麦就被外屋的吵闹声惊醒了,是村长金官来了，六娥挡着房门不让金官进来。金官说，你挡着我干什么？让我进去和春麦说几句话，是要紧话。六娥说，什么要紧话非要搅了人家的觉？你的要紧话该偷偷地跟我说，怎么跟春麦说？金官说，你让我进去，真的是要紧话得跟春麦说。六娥说，你那狗嘴里能吐出象牙来？不让进就是不让进，你让他睡个安生觉吧。他半夜里回来，又惊又累的，你别装神弄鬼的再吓唬他了。外屋沉寂了一会儿，突然响起金官酸溜溜的哂笑声，金官说，这么个货，你还挺疼他？六娥就厉声骂起来，不要脸的货，我不疼他倒疼你？回家让你那黄脸婆疼你去。不要脸的货，得了便宜还卖乖。

春麦在里面睡不下去了，他跳下床站在房门后面，想出去又怕见金官不阴不阳的脸，干脆就站在门后偷听。可外屋又没动静了，猛地听见外面啪的一记响声，好像是谁在谁的脸上拍了一记。然后就听见六娥说，不要脸的货，还往哪里摸？春麦正想拉门出去，门被金官跟跄着撞开了。金官摸着他的脸后退了一步，看看春麦，又看看六娥，好，好，打得好。金官指着六娥说，不识好歹的货，我实话实说，你们家灾祸临头了，到时候可别怪我不帮你们。

春麦不知道村长金官为什么总像一个鬼魂盯着他，但

十九间房　107

他知道金官所说的灾祸是什么。金官一走,春麦就溜到地窖边去了。春麦看见寡嫂水枝正背着孩子站在地窖那里,水枝瞪大眼睛望着他,好像受了惊似的。

你怎么又站这里?春麦恶声恶气地驱赶着水枝,他说,家里那么多孩子那么多活计,你怎么老是在别人屋前东张西望的?

地窖被人动过了,你看窖顶上的泥,是新糊上去的。水枝仍然瞪大了棕黄的眼睛,她用一种惊恐的声调说道,灾祸临头了,怪不得近来我老是梦见大壮那死鬼,梦见他把我们全家老小往阴间里拽。

你别胡言乱语的。春麦弯下腰去鉴别窖顶上的泥,脸刷地就白了。春麦半跪半坐在地上,半晌说不出话来。他觉得眼前突然闪过一道刺眼的白光,白光不知从何而来,大概那只是灾祸临头的征兆而已。过了一会儿,春麦缓过劲来,他问水枝,谁进了地窖?是你进去的?

我哪儿敢往你家地窖里钻?莫非是大壮的鬼魂?水枝皱着眉头想着什么,突然拍了拍大腿说,对了,是书来,前天我看见书来拿把镐在这里忙乎呢。

春麦枯干的嘴唇颤动了一下,想说什么最终却什么也没说。春麦充满血丝的眼睛现在像两块残冰一样闪闪发亮,在幽暗的树木覆盖的空间里,那两个光点像两只狼眼一样闪闪发亮。闭上你的乌鸦嘴,别跟村里人说。春麦这样嘱咐了水枝一句,人就像发疯般地往家里奔去。

书来被春麦吊到了房梁上,书来的身体像一只竹篮在空中晃来晃去的。春麦站在板凳上,先是用一条麻绳抽书来的后背和屁股。书来大声地哭,大声地叫着,但书来不承认他进过地窖。春麦就丢下麻绳,又去找了一根门闩来,用门闩朝书来抡过去。书来狂叫一声就昏死过去了,他的身体仍然像一只竹篮在春麦面前晃来晃去的。

门外围了好多村里人,他们要进屋劝阻春麦,但六娥堵着门不让他们进来。六娥已经哭得像个泪人似的,嘴里不停地骂人,一会儿骂水枝,一会儿骂书来,一会儿又骂起春麦来。六娥说,狼心狗肺的货,对自己的亲骨肉下这种毒手?你要有血性怎么不找金豹去?欺弱怕硬的货光在老婆孩子身上出气,你砍了我一条胳膊不够,难道还想要书来的一条命?六娥坐在门槛上骂一会儿又哭一会儿,门外的人也不敢劝她,谁劝就挨六娥骂。六娥呜呜地哭了一会儿,突然站起来往柴堆那儿冲,门外的人一齐拉住了六娥。六娥跺着脚说,你们别拉我,让我去拿柴刀,让我去劈了那猪狗不如的货,反正日子也过不下去了。

春麦的几个堂兄弟这时趁势冲进了屋里,他们强行把

十九间房　109

书来从房梁上放下来。有人剥开书来身上沾结着血污的衫子，发现口袋里鼓鼓的，掏出来一看，原来是一支吃了一半的糖人儿，糖人儿有点化了，摊在手上是软软的斑斑驳驳的一摊糖泥。

闹了半晌，屋里的人终于散去了，留下一家三口人，或站或躺地面面相觑。六娥低声呜咽着，用布条蘸着热水擦书来的伤口，春麦垂头站在一边，等木盆里的水发黑了就端去泼掉，再端一盆热水来。春麦做这些事时神色就像梦游一样，脚步飘飘忽忽的。整整一上午春麦真的就像在梦游一样。

祸已经惹下了，现在就该想想消灾免祸的办法，你得赶紧把地窖里的东西抛出去了。六娥说。

往哪儿抛呢？往湖里抛？可要是哪天金豹找上门来跟我要货，我拿什么给他？春麦愁眉苦脸地说。

没出息的货，都什么时候了，你还这么怕金豹？你就不怕日本人？

怕，我都怕，我知道我是个没出息的货。春麦说着发出一声凄厉的抽噎。春麦敲了敲他的脑袋，说，我谁也惹不起，惹不起还躲得起，看来想活命只有跑了，只有这条路可走了。一家人投奔他乡吧。

往哪儿跑？六娥吃了一惊。

过湖到清水镇我大姨家去，让我姨夫指点条生路，他在外面混得好，我想他会救我们一命的。

就怕躲也躲不起。六娥沉默了一会儿说，俗话说跑了和尚跑不了庙，一人犯事儿株连九族。我们一走，全村人得替我们担着罪名，你说金官他们能放我们走吗？

趁夜黑偷偷地走，管不了那么多了。

没心肝的缺德货。六娥骂了一句，又呜呜地哭起来了，六娥边哭边说，看来也没别的法子了，就听你的吧，反正是死是活的全靠天意了。

趁天黑偷偷地走，怕夜长梦多，今天夜里就得走。春麦说着呼地站了起来，我现在就到王村船老大那里去租条船，现在就得去了。春麦说，船老大夜里都不进湖，我要是给他钱，他会答应开船的。

春麦走出村子，看见村长金官骑着毛驴在前面走，金官穿戴得新簇簇的，戴一顶呢子毡帽，穿一件青布长褂。金官明显是往塔镇去。金官每回去塔镇都是这样穿戴得新簇簇的。金官这回去塔镇干什么？去镇公所或者是去日本人那里？会不会去告密？春麦想到这里就倒吸了一口凉气。

春麦一路小跑往湖边的王村去，春麦脑子里只剩下一个念头，趁夜黑偷偷地走，今天夜里就走。

雨是黄昏时分落下来的，落在十九间房上空的树阴上，然后从枯黄的树枝上往下滴落，十九间茅屋的屋顶上便响起一片凝重的雨声。晚秋在这一带本是一个干涸的季节，这场大雨不知怎么就落到十九间房来了。

天色在雨中黑得早，春麦一家人关起门窗收拾最后的行装。春麦隔着窗户不时地朝外面张望一番，看见的只是幽幽的黑暗和一片烟状的雨雾，并没有谁在监视他们。六娥说，好好的天怎么就下起雨来？怕是老天爷在咒我们呢。春麦说，下雨好，昏天黑地的，谁也不会看见我们出村。六娥说，做下了伤天害理的事，就怕过了初一过不了十五，遭天打雷劈呢。春麦愣了一会儿，说，要是真的遭了天打雷劈，那我也就认命了。可是你难道不明白，如今的世道都是坏人长寿好人短命吗？

趁着天黑雨大之际，春麦一家走出了十九间房。檐下的家狗们似乎在静静地听雨，屋里的人们早早地熄灯上了床，整个十九间房都湮没在水声雨雾之中。临上独木桥前，春麦回过头朝夜雨中的村庄凝视了片刻，春麦对六娥轻轻说，祖祖辈辈的村庄，说走就走了，这一走恐怕再也回不来了。

一家三口冒着雨来到王村渡口，每个人身上都湿漉漉地滴着水珠。渡口显得冷清和凄凉，大雨落在湖面上激溅有声，泛起满湖浅蓝色、灰白色的深浅不一的水光。有一条小船系在缆桩上，被水浪冲得东摇西晃的。船老大不在船上，船老大没有像事先约定的在渡口等候。

这么小的船，四个人坐上去能过湖吗？六娥瞪着那条船疑疑惑惑地问。

春麦似乎没听见，春麦焦灼地望着王村村子的方向，怎么还不来？他说，说得好好的，船老大不会反悔吧。

终于看见村里走出一个人，提着一盏灯，扛着两支桨，是船老大来了。春麦舒了一口气，他吆喝书来道，把东西扔船上，扶你娘先上船吧。

船老大走到春麦面前，把两支桨往春麦怀里一塞，转身就要走。春麦傻眼了，一个箭步冲上去拉住他，怎么走了？不是说好你送我们过湖的吗？

自己走吧，把船靠到清水寨渡口。船老大甩开春麦，要活命就自己走吧。这么大的雨，这么黑的天，我不送了。

可我不会行船，你积点善德送我们过湖吧，我们一家做牛做马都会报恩的。

我看你们可怜，白白送上一条船，难道你要让我搭上一条命？船老大厌烦地推搡着春麦，又去拿地上的船桨，他说，你到底走不走？你要不走我连桨也不给你了。

春麦呆呆地望着船老大穿过雨幕往村里匆匆而去，湖边的夜雨突然下急了，豆大的雨点打在春麦光裸的头顶上，春麦的心里冰凉冰凉的。都在害我，都在逼我，都在把我往死路上推，春麦这样想着，人就踉跄着往船上奔。他对船上的偎偎成一团的母子说，走，要活命只有自己走了，只要有船，我们就是漂也要漂到清水镇去。

春麦跳上船，柳叶船陡地晃了一下。书来说，爹，你没拿桨。春麦就跑回去拿桨，再上船架桨，用力划，用力划，柳叶船原地打了个圈，却驶不出去。书来又说，爹，你没解缆呢。春麦骂了一声，他一边去解船缆一边看了看湖上暗蓝色的潮湿的天空。老天爷跟我过不去呢，他说，六娥你说对了，看来真的连老天爷都跟我们过不去呢。

到了三更时分，柳叶船仍在湖心打转，绵亘不绝的大雨组成一张网罩在船上，罩在船上三人头顶上。春麦机械地划着桨。春麦觉得他的力气已经用完了。偶尔地他望一望船首的母子俩，黑沉沉的天空中他们面容难辨，只看见母子俩的眼睛闪烁着几点幽蓝的恐惧的光芒。湖上的那具浮尸就是这时候漂流而来的，浮尸像另外一条船一样朝他们冲撞过来，一下一下地撞击着柳叶船。书来先看见了浮尸，他尖声叫起来，是个死人。六娥随后就呜呜地哭起来，六娥跺着船板发疯似的向春麦喊，快把他弄走，快把他弄走呀。

春麦就用桨去推那具浮尸，推一下浮尸远一点，但很快就又朝船漂过来。老天爷，连死人也来跟我们过不去。春麦的声音已经近似于哭泣，他说，看来是老天爷不肯放我生路了。春麦就是在与浮尸的搏斗中丧失了最后一点力气，春麦的双手终于抓不住双桨，他的身体像坍塌的泥墙慢慢倒在船尾上。

我来划船，我会划船。书来爬到船尾抓住了双桨，书来用力划着，船于是又开始摇晃着前行，那具尸体终于远离了柳叶船。雨仍然下个不停，从湖心望南岸的村庄，望东侧的群山，已是一片凄茫与黑暗，十九间房更是无影可寻了。湖岸依然躲在黑暗中不肯显现，船上的一家三口都在寻找，但谁也看不见湖岸。

船突然剧烈地颠簸起来。六娥说，船怎么晃起来了？六娥低头看舱里，发现舱里已积起了三寸之水，六娥起先以为是雨水，用独臂沿着舱底细细地摸，终于失声大叫起来，船漏水了，书来，你用力划，你快用力划呀。

娘，我划不动了，书来喘着粗气说，我没力气了，我的胳膊快要断了。

春麦在舱里翻了个身，春麦想爬起来，但很快又跌倒

十九间房　115

了。春麦的声音听上去仍然像一种哭泣。他说，下去一个人就好了，下去一个人船就好走了。

什么？六娥惊愕地说。你想让谁下去？

我，当然是我下去。反正老天爷也不让我活了。

你疯了？糊涂的货，你从来都不会游水。

我下去，我想下去，反正我也没脸活了。

你疯了。六娥大声地啼哭起来，用唯一的手去摸春麦的脸，摸到的只是一片冰凉的雨水。六娥用力打了春麦一记耳光，你疯了，她说，你想把我们母子俩丢在湖上不管了？我不让你下去，我们一家人是死是活都得在一起。

你才是糊涂的货，老天爷是不让我活呢，我们一家人，能活一个是一个，死了我一个，活了你们两个，这么死我就值了。

六娥突然说不出话来，她看见春麦突然从舱里站了起来，春麦的脸在雨夜里放出一种神奇的白光。春麦直立在颠簸的柳叶船上大概有三四秒钟的时间，六娥想伸出她的独臂去拉他，却够不到，春麦僵立的身体突然变得很远，无法触碰，六娥依稀听见春麦说了两句话，两句都是对儿子书来说的。

春麦说，书来，长大别学爹的样。

春麦还说，书来，好好看住你娘。

六娥记得春麦投入湖中溅起的水浪，记得一声难以言传的沉闷的巨响，一切都酷似她曾经做过的噩梦。

几天后，六娥和书来在清水镇上听到了一个惊人的消息，日本人洗劫了湖那边的十九间房，村里人九死一伤。又有人说日本人放火焚烧了十九间房，因为十九间房到处都是百年老树，大火烧了两天两夜才逐渐熄灭。

这当然是五十年前的陈年旧事了。春麦的儿子书来成了一个闻名乡里的木匠，曾经有几年光阴，书来推着一辆独轮车游村走乡寻找活计。他的路线往往是围绕着大湖走的，书来的独臂母亲六娥坐在独轮车上。六娥的眼睛已瞎了，一只衣袖仍是空荡荡的。

母子俩经常要经过十九间房荒凉的村庄遗址，那里的遮天蔽日的百年树林已经消失不见了。每次经过昔日的十九间房，六娥都会问儿子，长了树没有？儿子书来就说，长了一棵树，又长了一棵树啦。

(1992年)

三盏灯

1

平原上的战争像一只巨大的火球,它的赤色烈焰吞掠过大片的田野、房屋、牲畜和人群,现在它终于朝椒河一带滚过来了。

雀庄的村民们已经陆陆续续地疏散离村。几天来偌大的村庄鸡犬不宁,到处充斥着慌乱和嘈杂的声音,主要是那些女人和孩子,女人们抱着盐罐爬上牛车,突然又想起来要带上腌菜坛子,她们就是这样丢三落四的令人烦躁。而孩子们对这次迁徙的实质漠然不知,他们在牛车离村的前夕仍然玩了一次游戏。娄宽家套车的牛被几个孩子拴住了前腿,娄宽赶车,车不动,路边的老枣树却哗啦啦地摇晃起来。娄宽以为是老牛偷懒,大骂道,你个畜生也敢来闹事呀？啪的一鞭下去，牛就炮了蹶子，娄宽一家人全从牛车上栽了下来。

村长娄祥没说什么，娄祥蹲在地上喝粥，眼睛不时地瞟一下几米开外的茅厕，娄祥最小的儿子还蹲在那儿。娄祥一边喝粥一边说，也没什么给他吃，哪来这么多屎尿？娄祥的女人却性急，在旁边跺着脚喊，你好没好，好没好呢？都什么时候了，你还黏在那缸上！

娄祥一边喝粥一边推了女人一把，让孩子蹲吧，拉光了上路才痛快。娄祥毕竟是个闯过码头见过世面的人，牛车套好了，粮食和箱子都搬上了车，娄祥还慢吞吞地喝完了一大碗粥。吃饱了肚子，娄祥才有力气维持村里混乱的秩序。

慌什么？你慌什么？娄祥突然跳起来，直奔娄福家的牛车，耳朵里长猪屎啦？告诉你们多少遍了，带上粮食就行了，牵那么多牲口干什么，就你们家有猪有羊？人家是来打仗，脑袋都拴在裤腰带上，谁稀罕你的猪你的羊？

娄福仍然将他的大黑猪往车上赶，谁稀罕？娄福气咻咻地说，就是不打仗，我家还少了好几头羊好几只鸡呢。

娄祥刚想骂什么，一转眼看见娄守义一家正喊着号子把他家的衣柜往牛车上搬，不怕把牛压坏啦？这帮人，耳朵都让猪屎堵住了！娄祥这回可真着急了，他挥舞着手里

三盏灯　119

的碗，冲过来冲过去，手里拿着筷子朝这人捅一下，朝那人捅一下，都给我上车，马上走，再不走路上就碰到十三旅，十三旅见人就杀，你们要是不怕就别走啦！娄祥把手里的碗狠狠地砸碎，你们把房子也背上走吧，你们这帮猪脑子的东西！

正午之前最后一批村民离开了雀庄。村长娄祥坐在牛车上隐隐地听见县城方向的枪炮声，别慌，军队离我们还有三十里地呢，娄祥对他一家人说，我们去河西躲一躲，躲个十天半月的就回来了，怕什么呢？打仗可不像种田，稻子一季一季的都得插秧，打仗总有打完的一天。人可不像稻子，割下来还能打谷留种，不管是十三旅还是三十旅，打仗就得死人，人死光了怎么办？仗就不打了，我们就回家啦。

牛车走得很慢，村长娄祥回头望了望雀庄的几十间房屋和几十棵杂树，突然觉得自己丢下了一件什么东西。没丢下什么东西？他问身旁的女人。女人说，把一筐白菜丢下了，你偏不让带。娄祥说，我不是说白菜。娄祥皱着眉头数了数他的一堆儿女，大大小小男男女女的，一共六个，一个也不少。这时候牛车经过村外的河滩地，娄祥看见河滩上的一群鸭子和一间草棚，倏地就想起了养鸭子的扁金。扁金呢，怎么没有捎上扁金？娄祥打了一下自己的额头，我让他们气晕了，怎么没有捎上扁金？

娄祥要回去找扁金，被他女人拉住了。女人说，你以为扁金是傻子？人家早跑了，你没见他把鸭子都丢下啦？就是傻子也知道躲打仗，没准他跑得比你快呢。

娄祥说，扁金满脑子都是猪屎，也差不多是个傻子，扁金没爹没娘的，他要是有个三长两短，别人还不是说我这个村长吗？娄祥说着就从屁股底下拿出铜锣，当当地用力敲了几下，一边敲一边朝前后左右喊着，扁金，扁金，谁看见扁金了？

娄福的儿子在前面说，前天还看见他爬在树上掏鸟窝呢，他不是掏鸟，是掏鸟粪，扁金给他的鸭子喂鸟粪呢。

屁话，说了等于没说。娄祥又扯高嗓门喊了一遍，你们谁看见扁金了？

娄守义的女人在后面说，早晨看见他往河边去了，说是去找鸭子。

这种日子还在找鸭子？他是傻子你也是傻子，你就没告诉他打仗的事？

怎么没告诉他？他说他不怕打仗嘛，他说他后脑勺上也长眼睛嘛，他一定要找他的鸭子。

村长娄祥收起铜锣骂了一声，这个傻子，死了活该。娄祥放眼望冬天的河滩地，视线所及尽是枯黄的芦苇杂

三盏灯　121

草，椒河两岸一片死寂，远远地从河下游又传来了零星的枪声。这种日子谁还会满地里找鸭子呢？娄祥想扁金看来真的是个傻子，扁金若是为了只鸭子挨了子弹，死了也是白死，那也怪不到他的头上啦。

原野上的风渐渐大了，风把淡黄色的阳光一点点地吹走，天空终于变成了铅色。快要下雪了。疏散的人们途经马桥镇时，最初的雪珠泻落下来，不知从哪儿飘来布幔似的雾气，很快弥漫在马桥镇人家的青瓦白墙上。石子路上空无一人，只有一两只野狗在学校里狂吠着，很明显镇上的居民已经疏散了。来自雀庄的牛车第一次畅通无阻地穿过这个小镇，这种情形也使雀庄人散漫的逃难变得紧迫了一些。村长娄祥不断地催促着他的村民，甩鞭呀，让你们的牛走快点，不想挨子弹就走快点吧！

牛车队路过昌记药铺的门口，许多人看见了一个扎着绿头巾的女孩。女孩大约有十二三岁的样子，绿头巾蒙住了大半个脸蛋，只露出一双漆黑的圆圆的眼睛，那双眼睛直视着雀庄疏散的人群，大胆而泼辣。她的寻寻觅觅的目光让人疑惑，她手里提着的两件东西更加让人摸不着头脑。许多人都看见了，女孩的一只手提着一只铁皮油桶，另一只手提着一条鱼。

你是谁家的孩子？跟家里人走散啦？娄祥勒住了牛车

招呼药铺门口的女孩,都什么时候了,你还傻站在这儿?上车来吧,你要是不想挨流弹就上车来吧。

女孩摇了摇头,她仍然倚在药铺的杉木门板上,但她的一只脚突然抬起来,脚掌反蹬着药铺的门板,开门,怎么不开门?女孩的声音听上去焦急而尖利,我要抓药,我娘的药呀!

镇上人早都走光了,你不知道要打仗吗?娄祥在牛车上喊,这种时候谁还到药铺来抓药,你脑子里长的是猪屎吗?没人在怎么开门?

你脑子里才长猪屎。女孩瞪了娄祥一眼,猛地转过身,用手里的铁皮油桶继续撞着药铺的门板,开门,快开开门。女孩的哭声突然惊雷似的钻进雀庄人的耳朵。女孩一边哭一边对着药铺门上的锁孔大声叫喊着,朱先生你不是人,你怎么不把药挂在门上?你吃了我家多少鱼呀,吃了鱼不给药,你就不是个人。

牛车上的人们一时都惊呆了,他们现在看清了女孩手里的那条鱼。娄祥的儿子大叫起来,是条大黑鱼。但娄祥转身就给了儿子一个巴掌,你管它是黑鱼白鱼?娄祥悻悻地说,从来没见过这么傻的女孩子,比扁金还傻,她要抓药就让她去抓药吧,我才不管这份闲事。

娄祥带着雀庄的牛车队继续赶路,空中的雪花已经像

三盏灯 123

棉絮般的飘落下来。雪花其实不是花，它们湿湿地挂在人的棉帽和眉毛上，凝成冰凉的水滴，抹掉了又长出来。娄祥摘下头上的棉帽，掸去上面的雪花，一转脸看见那个扎绿头巾的女孩追上来了。女孩追着娄守义家的牛车跑，女孩跟娄守义的女人说着什么。娄祥听不清，后来他看见她站住了。她站住了，左手提着铁皮油桶，右手拎着那条鱼。娄祥看见漫天的雪花把那个小小的身影与雀庄的牛车隔绝开来，后来铁皮油桶和鱼都看不见了，只看见女孩的绿头巾在风雪中映出一点点绿色。

那女孩跟你说什么？娄祥问娄守义的女人。

她要用鱼跟我换灯油。娄守义的女人说，哪来的灯油呢，这种日子谁还顾上带灯油呢？

她要灯油干什么？娄祥嗤地笑了一声说，从来没见过这么傻的女孩子，灯油？要是挨了子弹白天黑夜还不是一样亮，要灯油干什么？你们说要了灯油干什么？

雀庄的人们在疏散途中愁眉苦脸，没有人乐于说那个陌生女孩的事情。现在他们的耳朵里灌满了风雪的沙沙之声，还有令人心焦的牛铃和车轴的鸣响，除此之外就是东南方向那种凌乱的没有节奏的枪炮声了。

谁都知道，战争中的人们想得最多的还是有关战争的事。

2

鹅毛大雪一朵一朵地落下来，椒河两岸已经是白茫茫的一片了。无论扁金怎么诅咒，大雪还是在扩张它刺眼的白色，大雪纷纷扬扬地落下来。扁金就更加找不到他的鸭子了，这种天气鸭子不肯下河，鸭子要是躲进芦苇丛里，那扁金就休想在天黑以前找到它们了。

丢了三只鸭子，不是丢了，是它们自己离群跑了。扁金手持鸭哨在河滩地上搜寻他的鸭子，手里的鸭哨扫遍了芦苇，干枯的苇絮飞扬起来，混在漫天飞雪里，落满扁金的肩头，但他却看不见三只走失的鸭子。该死的天公，让你下雪你不下，不让你下雪你偏偏下了。扁金诅咒着天公，忽然想起村里人说天公骂不得，谁骂天公谁就会让雷电劈掉半边脸。扁金有点后悔，就拧了把自己的嘴。扁金这么生气，不骂几声心里堵得发慌，后来他就开始骂他的三只走失的鸭子，贱货，不要脸的畜生，就你们长了两只脚，就你们会跑？扁金说，我不信抓不到你们，抓到你们谁也饶不了，一、二、三，全扔开水锅里，烫你们的毛，吃你们的肉，谁也饶不了！

扁金沿着河滩地走出去大约半里地，没有看见一只鸭子的踪影，却看见漫天的雪越下越大，椒河在前面拐了个弯，河汊被折成一个弓形。扁金发现河汊边多长了半亩沙地，有一条捕鱼船泊靠在那里。扁金不是傻子，他知道每年冬天椒水会瘦下去，瘦到河底就露出这片荒沙地了，但那只捕鱼船却来得奇怪，很少有人到这里来捕鱼的，椒河流到雀庄水里就只剩下些小鱼小虾了，只够喂扁金的鸭群。扁金不喜欢在雀庄的地盘上看见捕鱼船。扁金觉得这条又破又旧的捕鱼船来得真是奇怪。

　　喂，看见鸭子了吗？扁金一边喊一边朝捕鱼船走去，他用鸭哨捅了捅船篷，没听见任何回应。人上哪儿去了？让鱼虾吞到肚子里去了？扁金嘀咕着跳到船上去，船剧烈地摇晃起来，扁金就一把抱住了大橹。这是什么鬼船？晃得这么厉害。扁金好不容易站稳了，一转眼看见篷顶上站着两只鱼鹰。两只鱼鹰扑扇着翅膀，抖落了羽毛上的雪花，它们红色的明亮的眼睛充满威胁的意味。这让扁金有点惊慌，扁金说，你们盯着我干什么？想咬我呀？你们是什么鬼东西？这么黑这么难看。两只鱼鹰像人一样转了个身，扁金就拿着鸭哨在一只鱼鹰的脚上撩了一下，这是一次试探。那只鱼鹰却猛地张开双翅跳进了河水，紧接着另一只鱼鹰也跳下去了。扁金松了口气，他说，什么鬼东西，还想来咬我？

从船舱里突然传来了一种微弱的声音，好像是一个女人。扁金掀开草帘，舱内暗沉沉的，一股大蒜和鱼腥混合的气味扑鼻而来。扁金只能看见那个女人苍白的脸和蓬乱的头发，它们几乎埋在一堆破棉絮里。

别去惹我的鱼鹰，它们会咬人。女人说。

你说什么呢？我听不清。扁金蹲在那里，但他的脑袋好奇地探进了舱内。扁金说，你快死了吗，你说话怎么像死人一样有气无力的？

别去惹鱼鹰，会咬人。女人说。

我没惹它们，是它们想惹我。扁金说，我才不会惹那两个鬼东西，我是来找鸭子的，喂，你看见我的鸭子了吗？

看不见了，我的眼睛坏了，什么也看不见。女人的声音听上去仍然很微弱。

你是个瞎子？咄，瞎子怎么还在河上捕鱼？扁金说，你是瞎子怎么把船摇到这里来的？这里要打仗啦，人都跑光了，你来干什么？告诉你，人都长着眼睛子弹可不长眼睛，告诉你吧，我前几天去马桥镇卖鸭蛋，看着肉铺掌柜的女儿给流弹打死了。那女孩还在吃棒棒糖呢，一蹦一跳的，砰的一声就扑在地上了，那女孩嘴里还咬着棒棒糖呢。

船舱里的女人不再说话，女人不说话的时候，喉咙里仍然发出一种声音，很浑浊的，像是在喘气，也像是呜咽。

他们都跑光了，吓得都尿了裤子。扁金说，告诉你吧，子弹不长眼睛，可我扁金后脑勺上也长眼睛，我才不会让子弹打到我头上。

船舱里的女人不再说话，她似乎是没有力气说话了。她没有力气说话，但扁金觉得她的喉咙像一架纺车纺出一种单调而固执的声音，碗儿……小……碗……碗儿。

你要一只碗？扁金说，你不要碗？我猜你也不要碗，没有吃的要碗干什么？不过人要是没有吃的迟早会饿死，我扁金却饿不死，没有米吃我就吃鸭蛋。扁金说到鸭蛋人便突然跳了起来，鸭子！我得去找鸭子了，我哪有闲工夫跟你说话呀？扁金说着急急忙忙地下了船，下了船回头一望，恰巧看见两只黑鱼鹰从水中钻出来，它们的嘴里各自咬住了一条小鱼。扁金顿时有一种愠意，他觉得它们抢走了鸭子的食物。你们是什么鬼东西？扁金挥起鸭哨朝它们打去，嘴里高声叫道，放下，放下，不准你们吃这里的鱼。

就在这时，雪地里响起了一串细碎急促的脚步声，扁金看见一个扎绿头巾的女孩朝自己疯狂地奔来，女孩眼睛里的愤怒之光使扁金感到一丝紧张。你要干什么？扁金横过鸭哨杆挡住自己的身体，他说，我没干什么，你要干什么？

女孩像一头小母牛似的朝扁金撞过来，她挥起左手那条鱼打了扁金一下，又将右手的铁皮油桶砸向扁金。扁金慌忙之中用他的鸭哨挡住了几下，听见极其清脆的噼啪一声，他的鸭哨被拦腰截断了。

你疯啦？你是个傻子吗？扁金大叫起来，你把我的鸭哨杆子弄断了，要你赔！

女孩拉住扁金的鸭哨不放，扁金以为她会骂人，但女孩只是用她的黑眼睛瞪着他。

你瞪着我干什么，想吃了我？扁金说。

女孩松开了手，但那只小手不依不饶，几乎是在眨眼之间，扁金脸上被她重重地掐了一把。你掐我干什么？扁金说，你把我的鸭哨杆子弄断了，你要赔，赔不出来给我一条鱼也行。

女孩已经跳到了捕鱼船上，女孩一上船就呜呜地大哭起来，那种凄厉的突如其来的哭声同样让扁金觉得茫然。扁金凑近了船舱听那女孩的哭声，掐了我你还哭？你还占理啦？扁金嘀咕着，但女孩渐渐把扁金的心哭乱了，扁金摸不着头脑了。他说，哭什么呢？我不要你赔鸭哨了，我

三盏灯

不要你的鱼了，你还哭什么呢？扁金又想会不会是舱里那个女人咽气了？他透过草帘子朝里面张望，看见那母女俩抱在一起，女人并没有死，她的脸色虽然比雪还要白，但她的嘴唇还在动呢。扁金摇着头说，人还活着嘛，又没死人，你哭什么呢？哭得人心里难受。

人与船都在雪中，大雪未有停歇的迹象，椒河上空的天色其实已经被大雪染得灰白不清了。扁金又想起了那三只走失的鸭子，于是对着捕鱼船喊，喂，那女孩，我说你别哭了，你看见我的鸭子了吗？

那女孩——扁金后来才知道那女孩就是小碗，原来碗儿是那女孩的名字。

3

大雪封门。大雪封住了一座空荡荡的村庄。从河滩通往娄氏祠堂的土路已经被积雪所覆盖，村里人抛下的几只鸡几只兔子都在圈栏里与柴草为伴，雪地上唯一的人迹是养鸭人扁金的脚印。

扁金的脚印杂乱地铺在许多人家的门前窗后，更多是嵌在人家的鸡窝或猪厩门口。两天来扁金一直在找那三只走失的鸭子。他想鸭子又不是麻雀，鸭子不会飞走的，它们能跑到哪里去呢？扁金的脚印有时一直踩到别人家的房顶上，偌大的村庄看不见一个人影，也就没有人来阻止扁金越轨的行为。假如现在娄福看见了扁金，他的鼻子一定会被气歪的，现在扁金就站在娄福家新盖的大瓦房顶上。

扁金手搭前额朝四周望，到处都是白茫茫的，村里村外一片死寂。扁金知道一村人都跑光了，就剩下他一个。扁金想剩下他一个人才好，要不他怎么敢爬上娄福家的房顶呢？扁金听见娄福的新瓦在他脚底下咯吱咯吱地响，那是娄福家的新瓦，扁金一点也不心疼。他想起娄福平日挂着一只怀表在村里走来走去的模样，心里就很生气，娄福从来不搭理他，娄福的女人也总是斜着眼睛看他。娄福家有钱有地还有新瓦房，可他们就不如村长娄祥，村长还常常从自家地里挖几只红薯给他呢，娄福是未出五服的血亲，可他连一根针也舍不得送他。扁金突然压抑不住一股怒火，他走近烟囱，朝里面塞进去一片瓦，那片瓦卡在烟囱里了，扁金想象着娄福家浓烟倒灌的景象，想象着娄福吹胡子瞪眼睛的样子，嘴里便格格地笑出了声。

椒河上游的那座岗楼是扁金无意中发现的，扁金并不知道那是战争的特殊建筑，他以为是砖窑。他想花村什么时候有了砖窑呢，他竟然一点也不知道。雪晴后的阳光非常刺眼。扁金脑袋转了一圈，后来他就看见了河滩边的那只捕鱼船，白雪盖住了船篷，船远远地望去更显单薄破败了，但扁金看见了女孩小小的身影，她的绿头巾像一片树叶在他视线里飘来飘去的，他不知道女孩在干什么。过了一会儿，他看见了船头上的那堆红火，也许捕鱼船的母女俩在生火煮饭了。别人家的饭锅总是让扁金饥肠辘辘，他从不喜欢看别人煮饭，但现在不同了，捕鱼船上的那堆红火使扁金感到某种莫名的安慰。不知为什么，他看见那堆红火心里就不再那么冷清了。

空寂的村庄没有人迹。没有人才好呢。扁金告诉自己这是他从小到大最自由的时光。扁金的嘴里发出一串快乐的呼啸声，他支开双脚像鸭子一样走了一程，又伸出双臂像水鸟一样飞了一程。扁金发现他的脚已经踩在王寡妇的菜园里。他想起去年他的鸭子跑进王寡妇的菜园，王寡妇横眉竖目骂得多么难听，她还放狗咬他的鸭子，那条恶狗竟然咬了一嘴鸭毛！那女人不是东西，她心疼自己的菜园，那我就不心疼自己的鸭子吗？扁金抓过一根树棍砍击着菜园里的萝卜秧子，但砍了几下就把树棍扔掉了。他想起王寡妇是个寡妇，村里人都说她可怜，再说他扁金堂堂男子汉，不该跟妇道人家一般见识的。

扁金翻过菜园的篱笆，跳进了娄守义家的院子，娄守义家的院子堆满了柴草和坛坛罐罐，扁金几乎一眼就看见柴堆上一摊干结的鸭屎。扁金的目光发直,脸却慢慢地白了。他知道娄守义家不养鸭子只养鸡,而鸭屎与鸡屎就是变成灰他也能区分出来。扁金呼呼地喘着粗气,在院子里转了一圈,这个杂乱的院子里塞满了破烂,扁金就把所有的破烂挪了窝,没有看见鸭子,但他看见一只破篮从柴堆中滚落下来,一大堆棕黑相间的鸭毛从篮子里滚到扁金的脚边,一大堆松软而温暖的鸭毛洒着许多猩红的血珠。扁金的脑袋嗡地响了一下,扁金的肺砰地爆炸了。娄守义家吃了我的鸭子!吃了我的鸭子,我的鸭子,三只鸭子!扁金捧起那堆鸭毛,他看见那堆鸭毛抖个不停,他知道鸭毛是不会发抖的,是他的手在发抖。扁金捧着那堆鸭毛不知拿它们怎么办,娄守义偷吃了我的鸭子!过了好一会,扁金突然狂叫了一声,他听见自己凄厉的声音在村庄上空回荡,没有人会听见他的叫声。

扁金坐在娄守义家的院子里,他知道自己的屁股埋在一堆积雪中,但他站不起来。他想弄明白娄守义家什么时候偷走了他的三只鸭子。昨天还在村外看见娄守义的女人呢,昨天那女人还笑眯眯地跟他说话呢。她还说,鸭子丢不了的,你别找啦,它们明天自己就回棚了,这个不要脸的馋嘴女人!扁金的牙齿咬得格格响,这个不要脸的馋嘴的一家人!他们舍不得宰自己的鸡杀自己的羊,却把我扁金的鸭子偷吃啦!

　　报复的念头来得突然而猛烈,扁金把手里的鸭毛一点点地撒在地上,身子像一个爆竹从地上蹿了起来。还我的鸭子!扁金大叫着抓起一只鸡食盆,用力摔在地上。还我的鸭子!扁金又抱起一只水坛砸成了碎片。这么砸掉了所有的坛坛罐罐,扁金的怒火未见一丝的消退。他突然意识到砸坏的东西本来就是破烂,它们不能补偿三只活蹦乱跳的鸭子,要是娄守义家的猪羊还在就好了,但他们大概带走了所有的牲畜。扁金抬起头绝望地瞪着天空,天空其实没什么可看的,昨天下雪时阴沉着脸,今天雪停了天也就蓝了,蓝得刺人眼睛,就像娄守义女人身上穿的蓝棉袄,刺人眼睛。扁金的视线绝望地下沉,掠过娄守义家的屋顶,屋顶下的一条绳子在风中晃来荡去的,有一只干辣椒还孤单地挂在绳上。扁金跳起来摘下那唯一的干辣椒,放在嘴里狠狠地咬了一口,然后他看见了娄守义家门上的春联,春联的红纸黑字都完好无损。扁金不认识字,但他猜出那是什么五谷丰登六畜兴旺的意思。让你丰登让你兴旺,扁金这么叫喊着就去撞娄守义家的门。

　　娄守义家的门和门的铁锁都很结实,怎么撞还是结结实实的;如此结实的门和锁让扁金添了一丝新的愤怒,让你的门结实去,让你的锁结实去!扁金灵机一动,他绕到房后，跳上了猪厩的顶棚，然后便异常轻松地爬上了娄守义家的房顶。

你知道娄守义家也是瓦房，雀庄的人们所谈论的六间大瓦房之一，娄守义家房顶的两个檐头还雕着龙凤图案呢。你知道娄福就为了和娄守义赌一口气，才盖起了雀庄最高最大的新瓦房。但是现在扁金跳上去了。扁金怒发冲冠，现在就是让娄守义一家九口人跪在地上哭，就是赔给扁金三百只鸭子也没用了。扁金才不管盖一座瓦房是多么不易，他要毁掉娄守义家的大瓦房了。

扁金用房顶上的磨盘做了帮手，他推着磨盘在房顶上滚了几遍，那些青瓦就发出一串清脆的碎裂声。扁金怒发冲冠，就是那些青瓦都像女人一样哭闹起来也没用了。扁金干脆就坐在房顶上乒乒乓乓地敲打起来，直到把娄守义家的房顶敲出一个大窟窿，一个很大的大窟窿。

是一颗呼啸而过的子弹惊醒了扁金，子弹不知从何处飞来，但它似乎是冲着他射来的。扁金吓了一跳，扔下磨盘就跑。扁金扒住屋檐朝四周环视了一圈，他看见北面的官道上有一列军队通过，大约有三百多号人，带着枪炮辎重过来了。扁金看见几个士兵半跪在河沟边，他们手里的枪管明白无误地指向他，指向娄守义家的这间房子。

扁金吓坏了，他从娄守义家的房顶摔到猪厩棚上，又

三盏灯　135

从猪厩棚上滚到地上。子弹，子弹，扁金尖叫了两声就跑到了村巷里，兵来了，打仗啦！扁金沿途拍打着各家各户的门窗，手都拍疼了才想起村里人都跑光了，就剩下他一个人了。这时候扁金真正感到了恐惧，而且他的裤带不知怎么断了。扁金提着裤子在村里狂奔，他想去鸭棚圈好他的那群鸭子，他朝河滩地跑了一段路又折回来了。他想现在我不能去管鸭子了，现在我还去找鸭子我不成了傻子吗？他想他得躲起来，找一个好地方躲起来，不能让子弹飞到他身上来。

扁金拾起王寡妇家窗台上的一口破铁锅，他把破铁锅顶在头上，一直跑进了村长娄祥家。扁金选择村长家作为藏身之处最自然不过了，扁金想不出还有什么地方比村长家更安全了。

起初扁金钻在灶边的草堆里，扁金不知道那支军队会不会进村，也不知道刚才他们为什么瞄准他放了那一枪。上人家的房顶揭人家的瓦当然不好，可这碍着他们了吗？再说他们怎么会知道娄守义家偷吃了他三只鸭子？扁金侧耳倾听着村里的动静，村巷里一片死寂，他们好像还没有进村，从河滩那边却隐隐地传来了鸭群的叫声。扁金的心一下就提起来了，鸭子，我的可怜的鸭子，他们一定有人闯进鸭棚了，他们会抓走我的鸭子吗？鸭群的叫声像刀子一样割着扁金的心，扁金的心很疼，眼泪就一滴一滴地流了出来。你们打你们的仗，我才不管，可你们怎么能打我的鸭子，你们要是打我那些鸭子我就饶不了你们。扁金一生气就从草堆里钻了出来，扁金刚从草堆里钻出来就听见了村巷里的那串杂沓的脚步声。

左邻右舍的门都被撞开了，村长家的木窗被什么东西哐地敲掉了半扇，窗口伸进来两根黑漆漆的枪管，枪管上还带着锃亮的刺刀。扁金目瞪口呆，他想钻回草堆里，但身体突然不能动弹。他想这回他要死了，子弹就要朝他脑门上飞过来了。但奇怪的是那两根枪管突然缩回去了，然后他听见了士兵们的一番莫名其妙的谈话。

别搜了，赶紧撤出雀庄。一个士兵的声音说。

那人不是十三旅的探子？另一个士兵说。

我说过那人不会是探子，大概是个傻子，雀庄这一带有很多傻子。第三个声音说。

外面士兵们的这番谈话后来一直让扁金纳闷，扁金猜不出十三旅的探子是什么意思，但不管怎么他要感激那第一个士兵。士兵们的子弹不长眼睛。扁金唯一痛恨的是那第三个声音，傻子，傻子，谁是傻子？难道我是傻子吗？扁金蹑足走到门后偷听，他听见士兵们朝村口去了，傻子？你才是傻子呢。扁金就冲着门外低声骂了一句。扁金惊魂甫定，十三旅的探子是什么意思？他怎么也捉摸不透，但扁金隐隐地觉得自己闯下了大祸，他相信那群士兵是在搜寻自己。他们要是搜到我会怎么样？扁金的眼前，倏地浮现出县城城门口悬挂的一颗人头，他们会割下我的头示众吗？扁金这样想着，脖子上觉得又痒又冷，伸手一摸，是几根干草黏在脖子上。扁金抱住自己的脑袋摇晃了几下，脑袋还长在脖子上，但是一种劫后余生的虚弱使他两腿发软，跌坐在墙边的棺材上。

那是村长娄祥为他母亲准备的寿材，是整个雀庄最好最大的一口棺材。就像娄福家的大瓦房名冠雀庄一样，村长家的这口棺材让所有的老人歆羡不已。假如你看见那被无数老人的手摸得油光锃亮的棺盖，你就会知道了，那是一口多么好的棺材。现在扁金的手就在棺盖上一遍遍地滑过，扁金突然发现了一个最安全最舒适的藏身之处。在开启棺盖以前，他想起了村长娄祥的两只大手，他的两只手真是大如铁耙，它们要是拧住你的耳朵，你的耳朵就会疼上三天。村长娄祥是扁金最敬畏的人，但扁金现在顾不上许多了，他决定把自己藏在棺材里。

4

棺材里很暖和，扁金从来没有想到棺材里会这么暖和，更让他喜出望外的是棺材里竟然贮存了半棺稻米和红薯。当扁金合上棺盖时，一股粮食与木材的清香包围了他，饥肠辘辘的扁金几乎产生了醉酒的感觉。为了防止自己闷死在棺材里，扁金很机智地用一块柴禾架在棺盖下。这样扁金仍然能看见一条狭窄而笔直的光带，那其实是冬日午后的阳光，它从村长家的木窗里透过来。虽然很淡很薄，但扁金在棺材里因此格外地安心了。

扁金一口气吃了六块红薯，吃红薯的时候，他想起了自己的鸭子，心里充满了愧意，我在这里吃得肚子发胀，那些鸭子却不知怎么样了。他想鸭子们现在要是活着，肯定是在等他去喂食，可他却不敢回去，鸭子怎么会知道他的危险呢？士兵，子弹，打仗，鸭子怎么会知道这些呢？它们有事没事只会嘎嘎地叫。扁金想着他的鸭子，眼皮却沉沉地耷拉下来。他用双手抓住自己的眼皮不让它们耷拉下来，他提醒自己现在不是睡觉的时候，但或许是肚子吃得太饱了，或许粮食和木材的清香催人入眠，扁金还是睡着了。

扁金在雀庄战役的前夕，睡了一个好觉。他睡着的时候，有一只老鼠从棺盖下的空缝里钻进来，异常大胆地舔掉了他嘴角上的几星红薯渣子，扁金一点也不知道。

扁金后来是被窗上的声音惊醒的。他听见有人在村长家外面推那扇北窗，起初扁金以为是那群士兵又回来抓他了，他听见自己的心跳得像大槌击鼓。他脑子里闪过他的鸭群，假如他难逃一死，还不如回到河滩去，与他的鸭子死在一起。窗子吱吱地响着，那个推窗子的人似乎显得很胆怯，那个人不像是荷枪实弹的士兵。扁金想假如是士兵，不会像小偷一样慢慢地推窗子的，小偷，肯定是个偷贼。扁金轻轻地掀开棺盖，然后他就看见了一张贴在窗格上的脸，准确地说是被绿头巾蒙去一半的脸，是一双惊惶而明亮的眼睛。

是捕鱼船上的那个女孩。扁金不知道她推村长家的窗子干什么，他张大了嘴看见那扇木窗的边榫终于裂开，女孩的绿头巾先钻进来，钻进来又缩回去了，一件什么东西扔进窗内。扁金认出来是一条大鱼，就是那条大黑鱼。接着是哐啷一声，那只铁皮油桶被女孩扔进来了，铁皮油桶恰巧落在棺材的旁边。

扁金不知道女孩为什么爬村长家的窗子，扁金想村长家没有人，村里没有人，他理应把那些偷贼撵出雀庄。于是他突然从棺材里站了起来,他知道从棺材里站起来很吓人,但他不管这些。女孩刚从窗口爬进来,被扁金吓得跳了起来。

女孩倚在墙上,一只手抖索着去抓一根树棍,你是鬼吗?女孩乌黑的眼睛直直地盯住扁金。她尖叫道,你别过来,你过来我就打你。

扁金嘻地笑了,他张开嘴斜着眼睛扮了个鬼脸,他说,我就是一个鬼,你是个贼,你原来是个小女贼呀?

你不是鬼,你是那个傻子。女孩突然看清了扁金的面目。她松了一口气,扔掉了手里的树棍。女孩说,你不是在河滩上放鸭子的吗?你怎么跑到棺材里去了?吓死我啦!

扁金觉得女孩把他的问题抢去了,他有点生气,就瞪着眼睛说,那你呢,你不在船上呆着跑村长家干什么?你想偷东西吧。

你才想偷东西呢,我想跟谁家换点灯油。女孩俯下身子拾起地上的那条鱼,说,我才不偷呢,我要是在谁家找到灯油,就把这条鱼留在谁家,你知道这家的灯油放在哪儿吗?

我不知道灯油,外面在打仗,你还在找什么灯油?扁金说,找灯油干什么?

三盏灯 141

不告诉你,你要是帮我找到灯油就告诉你。

我才不帮你找灯油呢,你把我也当贼啦?

我不是贼,我是船上的小碗!女孩从灶上拿起一只缺了口的碗说,看见了吗,我就叫这个名字。

你叫一只碗?扁金嘻嘻地笑起来。

不叫一只碗,我叫小碗,我娘这么叫我的。

你骗我,人怎么能叫个大碗小碗呢?你把我当傻子,你把我当傻子我可不饶你。扁金逼近了女孩,朝她晃了晃拳头说,别骗我,你到底叫什么名字?

骗你我就是小狗。女孩一猫腰,从扁金的肘下逃出来,女孩急得快哭出来了,急死我了,女孩叫起来,我没心思跟你说话,我要找到灯油,找不到灯油我娘要死的。

我知道灯油放在哪儿。扁金仍然追在女孩身后,说,我帮你找到灯油,不过你得告诉我找灯油干什么,你娘喝了灯油就不会死了?

不是喝,是点桅灯,点三盏桅灯。女孩冲着扁金大叫起来,告诉你了你也不懂,你活像个傻子,你不帮我找灯油,光知道问这问那的,你不是傻子是什么?

扁金愤怒地瞪着女孩,女孩的黑眼睛也毫不示弱地瞪着扁金,但女孩突然扭过脸呜呜地哭了。急死我了,女孩一边抽泣一边说,你帮我找找吧,你帮我找到灯油我给你熬鱼汤喝，我再也不骂你傻子了。

我不爱喝鱼汤，鸭子才爱那腥味呢。扁金气咻咻地说，不准你骂我是傻子，骂别人傻子的人自己才是傻子。

但扁金见不得别人的眼泪，别人一流泪他的鼻子就会发酸，胸口就堵得发慌。所以扁金后来就在村长家里找灯油。他记得村长家夜里的灯点得很亮，村长家肯定存着灯油。扁金后来壮着胆子钻到村长夫妇睡的大床底下，果然找到了一桶灯油。扁金记得女孩伸出食指在桶盖上蘸了蘸放进嘴里，是火油，这油点灯可亮啦！女孩高兴地叫起来，她把村长娄祥家的灯油灌到自己的铁皮油桶里。灌了一半，她有点犹豫起来，她说，你说一条大黑鱼换多少油才公平，我不该再灌了吧？

扁金摇了摇头说，村长是个好人，反正他也不在家，你爱灌多少就灌多少吧。

女孩后来提着油桶匆匆离开了村长娄祥的家。女孩跑出去没多远，扁金也跟了出去，扁金顶着一口破铁锅站在村巷里，朝四处警惕地张望了一番。女孩回过头，看见扁金头上的破铁锅就扑哧笑了。

你跟着我干什么？女孩站住了。她说，我要回去挂灯，要挂三盏灯呢！

谁跟着你啦？我去看我的鸭子，扁金说，你刚才听见鸭子叫了吗？那帮鸭子肯定饿坏了，你们船上有小鱼烂虾吗，有螺蛳什么的也行。

有一篓泥鳅，可我得喂我家的鱼鹰呀。女孩歪着脑袋想了想，又说，你帮了我我也得帮你，我分一半泥鳅给你吧，你跟我来拿。

现在可不敢乱跑，扁金仍然朝四周张望着说，你不知道在打仗吗？子弹可是不长眼睛的，除非你跟我一样后脑勺也长着眼睛，才能躲过子弹。扁金突然又想起那几个士兵的谈话，你知道十三旅的探子吗？扁金问女孩道，探子是什么意思，我就是十三旅的探子吗？

女孩没有听见扁金说什么，女孩提着铁皮油桶飞奔如兔，不一会就消失在暮色里。扁金眺望着那个小小的背影远去，女孩的绿头巾最后消融在椒河的水光里。扁金闻到了女孩沿路挥洒的一股特殊的气味，是灯油、鱼腥和一种说不出的清香混合的气味，它在雪后清冽的空气中久久不散。扁金突然觉得和女孩呆在一起比一个人好，一个人走在空空荡荡的雀庄，这种滋味让扁金感到莫名的心慌。

那是著名的雀庄战役打响前的一个黄昏，五里地以外的花村岗楼上，有哨兵监视着战区范围内的动静。哨兵用望远镜发现了一个奇怪的人，那个人顶着一口铁锅在河滩地上东张西望，后来消失在一大群鸭子中间，当然哨兵也看见了更远的地方泊了一条打鱼船。

显而易见,那个人那条船都是令人生疑的。

5

扁金抱着一只鸭子坐在鸭棚里生气。你看看这只可怜的鸭子吧,它的脖颈被人扭成一个麻花,垂在翅膀下面,看上去就像一个无头的怪物。扁金一眼就在鸭群里看见了它,它跌跌撞撞地朝扁金扑来,扁金能听出那只鸭子不是在叫,它是在号哭,受到惊吓的鸭子就是这样向主人号哭的。扁金急忙解开了鸭子的脖颈,但它却无法挺直了,它像一截枯断的树枝往下垂,鸭喙软软地贴着扁金的手掌。扁金的心都碎了,他觉得自己的脖颈也被几只手扭过来扭过去,扭成了一个麻花,他觉得自己的脖颈也无法挺直了。扁金垂着脑袋坐在鸭棚里生气,他恨死了那群士兵,他们仗着有枪有刀就随便欺负人,欺负了人还欺负鸭子。我没有惹他们,我的鸭子也没有惹他们,他们这么欺负人不就像一群野狗吗?野狗才会这样乱咬乱吠呢,野狗才追着鸭子不放呢。扁金想他是没法找到那个该死的士兵了,去问鸭子吧,鸭子又不会说话,鸭子说了话他也没办法。他们有枪,枪里有子弹,子弹朝你脑门上飞过来你就死了,你就什么办法也没了。

扁金什么办法也没有,正因为什么办法也没有,扁金才这么生气。鸭子们不知道主人正在生气,它们大概饿了,它们围住主人嘎嘎地叫成一片。扁金真是烦透了,扁金突然冲着鸭子怒吼起来,你们再敢叫——你们再敢叫——怎么,还在叫呀?要打仗了你们知道吗?

鸭子不听扁金的话,扁金一赌气冲出了鸭群,他要让它们后悔。扁金跑出去一段路,听见鸭子还在嘎嘎乱叫,气得跺了脚说,你们也是野狗吗,野狗才这样乱叫呢,你们什么也不懂,我凭什么要陪着你们担惊受怕,你们叫吧,你们饿死我也不管了,我再也不管你们啦。

扁金想吓住他的鸭子,但他的怒吼声首先把自己吓住了,这么大的声音会不会引来那群士兵呢?扁金又害怕又愤怒,他就用手指捏住自己的双唇往椒河的河汊跑。鸭子不知道主人为什么往椒河的河汊跑,只有扁金自己知道,他记得打鱼船上的女孩的许诺,他要为不听话的鸭子弄回半篓泥鳅来。

椒河两岸沉浸在冬日暮色里,风把芦苇上的积雪吹下来,风把枯萎的芦花也吹下来了,所以你分不清满天飘飞的是积雪还是芦花,而河流尽头的落日若有若无,你看着它一点点地沉下去了,可你知道落日到底沉到哪儿去了呢?

你知道养鸭人扁金现在不该沿着椒河奔跑,可谁会知道他为什么沿着椒河奔跑呢?

扁金看见了河汊里的打鱼船,看见了打鱼船,也就看见了船上的三盏灯。三盏灯挂在船桅上,一盏比一盏高,一盏比一盏亮。扁金惊喜地叫了一声,三盏灯!扁金记得女孩说过要在船上挂起三盏灯,但三盏灯真的挂在船上时他却把它们当成了奇迹。

女孩的脸从船舱里探出来,三盏灯的灯光一齐映在她的脸上,照亮了她的笑容,也照亮了她脸上的所有油污。女孩对扁金说,我就知道你会来,我把半篓泥鳅给你留下了,你看见那篓子了吗?我替你挂在水里了。

扁金提起了水里的鱼篓,扁金的眼睛却盯着那三盏灯看,他说,三盏灯就是比一盏亮,没有太阳那么亮,可比月亮亮多了。扁金转过脸仰望西天上的月亮,西天上涌动着暗红的云彩,月亮还没有钻出云彩。月亮还没出来呢,扁金说,还能看见呢,这么早点灯不费灯油吗?

娘让我点的,女孩说,你别来管我家的事,我家的事你们谁也不懂。

点就点了,为什么要点三盏灯呢,你娘不吝惜灯油吗?

娘让我点三盏灯,三盏灯是有意思的,可我不告诉你，告诉你你也不懂。女孩抿嘴一笑，竖起一根手指咬在嘴里说，让你猜，让你猜也猜不出来。

鱼，点三盏灯肯定是引鱼的。扁金想了想说，我懂你们打鱼的门道，蛾子喜欢扑灯，鱼也一样，哪儿有灯就往哪儿游。

我就知道你猜不出来。再猜，看你是不是傻子。女孩嗤地一笑，我娘也说你像个傻子。

你才是傻子！扁金的脸幡然变色，傻子才不吝惜灯油，傻子才一口气点三盏灯。扁金突然跳到船上，回过头对女孩说，你再骂我一声傻子，我就把三盏灯摘下来，我就把灯油倒回村长家的油桶里去。

女孩慌了，女孩几乎是扑上来抱住扁金的胳膊，你别生气，我再也不逗你玩了。女孩尖叫着，你别摘灯，摘下灯娘会死的！

扁金放下了手，扁金以一种得胜的姿态坐到船头上，他说，你又在逗我，三盏灯难道可以当灵丹妙药吃吗？阎王爷在他的小本本上勾掉你娘的名字，你娘就死了，死了就进棺材了，进棺材就出不来了，三盏灯有什么用？就是九盏灯也没用！

你们谁也不懂我们家的事。女孩踮起脚尖，重新挂好了顶端那盏灯。女孩说，没有三盏灯，爹就找不到我们的船了，爹这次要是再找不到我们的船，娘就会死，这是命，你不懂的。

你爹在哪儿？在河里？难道你爹是一条鱼吗？

不是鱼，你这个傻子！女孩一生气就忘了刚才的誓约，她的乌黑的眼睛怒视着扁金，爹在十三旅当兵，他有许多枪，你要再撒泼，我就让爹一枪打死你！

十三旅什么？扁金这次没有发作，他听见女孩嘴里蹦出了十三旅这个字眼，十三旅？你说什么十三旅？是十三旅的探子吧？扁金说，你别吓唬我，我可知道十三旅的探子是怎么回事，你爹不是什么兵，跟我一样，他肯定也是专门爬人家的房顶的。他哪来什么枪，整天爬在房顶上，说不定什么时候就挨了子弹。

你才爬人家的房顶，你才会挨子弹呢！女孩的脸已经涨得通红，女孩拿了根竹竿朝扁金晃了晃。扁金以为她要打人，就闪了闪身子，但女孩却拿着竹竿在水面拍打起来，扁金不知道她在干什么。直到两只黑鱼鹰倏地钻出水面，直到女孩把食指含在嘴里吹出一声响亮的嗯哨，扁金才意识到来自打鱼船的危险，他知道打鱼船上的女孩这次是真的气急了。

咬他，咬这个傻子一口，咬他两口，咬他三口。女孩的声音中已经没有了稚气和羞怯，她的黑眼睛里有一滴晶莹的泪珠。正是这滴泪珠使扁金怦然心动，扁金跳下打鱼船后，忍不住回头去看那滴泪珠。你怎么啦，我没欺负你，是你骂我傻子，你还让那两只鬼鱼鹰咬我，扁金一边逃一边叫，我没哭你怎么哭了呢？

扁金不知道女孩为什么这么愤怒，怪不得她会叫个小碗呢。她的脸也像七月的天气一样怪，说变就变。扁金想他并没有说错什么话，十三旅的探子就是爬在房顶上的，十三旅的探子就是会挨子弹的，否则那群士兵怎么会在雀庄挨门逐户地搜他呢？扁金跑了一段路，忽然想起他忘了拿半篓泥鳅，他不能空手回去，现在不敢下河捞螺蛳，鸭子再饿上一天也许就下不了蛋啦。为了鸭子，扁金就硬着头皮返回去了。他想他不怕那两只鱼鹰，鱼才怕它们呢，它们会咬人，人就不会咬鱼鹰吗？

你得把半篓泥鳅还给我，答应我的事不能反悔。扁金站在船下喊，你要是让鱼鹰咬我，那我也咬他们，看谁咬死谁！

船篷上的草帘子动了动，女孩的绿头巾闪了一下又缩回去了。女孩不理睬扁金，扁金就自己搜寻着鱼篓。扁金知道他找不到什么，他的目光忍不住地往上升，看船桅上的三盏灯。天快黑透了，扁金发现那三盏灯越来越亮了。

把半篓泥鳅还给我，你给了我就是我的泥鳅了，你不能把它藏起来。扁金抓住船舷，一下一下地摇晃着船，泥鳅换灯油，你不能反悔！

舱里传来了那个垂死的女人的声音，小碗，小碗。女孩仍然躲在舱里沉默着，扁金不知道她在想什么。你没听见你娘在叫你吗？叫你把泥鳅还给我，扁金敲着船舷，一边仰望着船桅上的三盏灯，他说，没有我你哪来的灯油？没有灯油你怎么点三盏灯？扁金已经想好了下面威胁性的措辞，但那只鱼篓突然从舱里飞出来，掉在扁金的脚下。扁金就拾起了鱼篓，我可没说要摘三盏灯，他抬头又看了看三盏灯，嘴里嘀咕，让它们挂着吧，浪费灯油是你们的事，不关我的事。

扁金记得突如其来的枪声是从河对岸的树林里传来的，他能感觉到密集的子弹穿越河面，挟起风声和烟雾。扁金下意识地去找他的破铁锅，破铁锅距离他至多有六七步远，但猛烈的枪声使扁金裹足不前，扁金抱着半篓泥鳅痛苦地蹲了下来。别蹲，快躺下来，你这个傻子，快躺下来呀！他听见女孩在船上大声叫喊着。扁金躺了下来，起初扁金是紧闭着眼睛的，他依稀听见一种清脆的玻璃爆裂的声音，他猜有几颗子弹击中了船桅上的三盏灯。不知过了多久，扁金觉得枪声骤然停歇下来，他歪过脑袋试探了一下，河对岸的树林真的没有动静了。于是扁金睁开了眼睛，扁金一眼就看见了船头上的三盏灯，三盏灯仍然在夜色中熠熠闪亮。但他发现最顶端的那盏灯现在不是挂在船桅上，那盏灯现在被女孩提在手里了。

女孩站在船头上，一只手提着一盏灯，另一只手里则拿着一块白布。女孩对扁金喊道，起来吧，现在没事啦，他们知道我们是老百姓，他们不会再打枪啦。

扁金坐在河滩上窥望着对岸的树林，扁金喘着粗气说，我知道了，子弹这回不是冲着我来的，是冲着那三盏灯来的，打仗怕灯你懂吗？我让你别点那么多灯，你偏不听。

灯罩子让他们打破了。女孩提起那盏灯仔细看了看，叹了口气说，我要早点出来挥白布就好了，可刚才白布找不到，要是早点找到，灯罩子也不会让他们打破了。

你又骗人啦，一块白布有什么用？就是十块白布也挡不住一颗子弹。

我一挥白布他们就认出我来了，他们认出是我家的船就不再打枪了。女孩说，我才不骗你呢，十三旅在哪儿打仗，我们的船就往哪儿去。他们认识我了，他们知道我是老百姓，我在等我爹上船嘛。

扁金张大了嘴，他很想反驳女孩，一时却说不出话来。他相信是女孩平息了刚才这阵枪林弹雨，问题是扁金不能想象这件神奇的事情，一块白布，就是那块白布吗？扁金走过去想好好看看那块白布，他对女孩说，让我看看你手里那块白布，那块白布是什么白布？

就是一块白布呀。女孩抖开了手里的白布，她捏住白布的一角，将白布上下左右挥舞着，我来教你怎么挥白布。女孩说，开始时候我也害怕，后来就不怕了，你一挥白布，他们就知道你没有枪，你是老百姓，他们就不会朝你开枪了。来呀，我来教你，女孩抢过扁金的一只手，把白布塞在他手里，女孩说，挥吧，挥起来你就不怕了。

扁金的手被一只温热而粗糙的小手抓着，你别教我了，挥白布谁不会呀，扁金说，可我还是不敢相信，一块白布就能躲过子弹了？

那是著名的雀庄战役打响前的一个夜晚。养鸭人扁金突然得知了白布在战争中的用途，他抱着半篓泥鳅离开打鱼船时，名叫小碗的女孩仍然手提一盏灯站在船上，他记得女孩在灯光下的微笑。女孩说，我知道爹就在对岸的树林里，他看见三盏灯啦，他就要上船啦！

6

被雀庄人抛下的几只公鸡站在草垛上观察黎明的天

色，公鸡终于此起彼伏地啼起来了。椒河两岸的许多树林、坟地和农舍有大片的人影活动起来。据我们所知，雀庄战役的得名就是缘于雀庄的几只公鸡，雀庄的公鸡在椒河一带总是最早啼叫的，公鸡一叫雀庄战役就打响了。

扁金听见一种巨大而沉重的响声震荡着河滩，所有的鸭子都乱跑乱叫起来。扁金手拿一块白布从鸭棚冲出来，他知道这次是真的打仗了。椒河的水不再向下游流了，黎明的天空破碎了。扁金觉得天空被他们打出了许多洞，流着黑红交杂的脓血。真的打仗你看不见飞来飞去的子弹，也听不见士兵们冲锋陷阵的声音，只是看见一片一片的硝烟，像大雾一样升起来，看见一群一群的麻雀惊慌地掠过河滩，它们昏头昏脑地迷失了方向。这是真的在打仗了。扁金没想到打仗会打出这么大的黑雾，也没想到打仗的枪炮声会响过马桥镇除夕夜的爆竹声。

雀庄战役的战场沿着椒河呈丁字形铺开，河汊那里是双方火力最密集的地方，远远地可以看见干芦苇燃烧起来了，一条火龙借助风势蜿蜒地朝雀庄这里游走。扁金看见那条火龙走得飞快，被火苗吞噬的干芦苇噼噼啪啪地发出爆裂的声响。扁金无法估计交战军队与他的距离，但他看见一颗流火落在鸭棚顶上，顶上的茅草转眼之间也烧起来了。扁金不知道子弹会不会打到他身上，他只是急着要把受惊的鸭群集合起来，让它们离开无遮无掩的河滩，他要把鸭群赶到村子里去。

扁金赶着鸭群往村子里去，他头上的破铁锅突然一震，他知道那是一颗流弹打在破铁锅上了。扁金现在对枪弹没有以前怕了，他拼命地摇晃着手里的白布，我是老百姓，我没有枪！他朝每一棵树每一个草垛这么喊着，但他只遇见几棵树几个草垛，村里似乎没有什么危险。扁金目睹了战火横飞的场面，却还没有看见一个士兵。扁金猜想那些士兵的身形大概是让火光和黑雾湮没了。

走到娄家祠堂那里，扁金终于看见了人，看见人扁金就吓呆了。祠堂仅有的半扇门被那群士兵卸掉了，门口停着两辆大轱辘的板车，两个士兵从板车上搬下了什么东西。扁金很快就看清了，那不是什么东西，是一个人，只是那个人不像一个人了，他的脸也不像一张脸了，那个人血肉模糊，他的裤子被烧毁了大半截，露出一条断腿，它像被砍了一大半的树杈挂在那儿晃晃悠悠的。扁金吓呆了，原来他想把鸭子赶到祠堂里去的，现在祠堂也不能去啦。扁金进退两难，看见路边有个草垛就闪进去了，但是他闪躲的动作明显迟笨了点，而鸭子们不知闪躲，反而叫得更响，你就是长了三头六臂也没法把它们藏起来。于是扁金听见有人从祠堂里冲出来，有人高叫着，草垛后面有人！

扁金知道他藏不住，他想起女孩小碗在捕鱼船上挥动白布的情景，横下一条心走了出来。当然他没有忘记女孩教他的挥动白布的动作，他向祠堂门口的士兵们挥动着白布，我是老百姓，我没有枪，扁金说，我不是十三旅的探子呀。

士兵拉开了枪栓，他们几乎同时喊道，口令，口令！

口令！口令在哪儿？扁金朝身后望了望，但头上的铁锅遮挡了他的视线，我没带口令，扁金说，就这些鸭子，我是养鸭子的老百姓呀。

把你头上的铁锅拿下来！士兵喊道。

扁金拿下了铁锅，他看见五六支黑漆漆的枪管对着他。有一个士兵冲上来把他的双手反剪了，在他身上从头到脚摸了一遍。你摸好了，扁金驯服地站在那里不动，他说，那你们就在祠堂呆着吧，我把鸭子赶到别处去。

那个士兵最后用枪在扁金肋下拍了一下，你是傻子呀？这种时候到处乱跑，你想找死？他看见扁金站在原地发愣，又朝扁金屁股上踢了一脚，傻子，你还不从这里滚开？

扁金知道他应该离开这里，一时却不知该把鸭子往哪里赶。他在记忆中搜寻着雀庄最安全最可靠的地方，想到的仍然是村长娄祥的家。于是在雀庄战役如火如荼之际，扁金赶着鸭进了村长家的院子。

扁金没有让鸭子进屋，他知道村长的女人是特别爱干净的。扁金走进屋里就闻到了粮食和木材的清香，那口棺材的棺盖仍然打开着，几粒谷糠在棺盖上闪着小小的金黄色的光。扁金的一颗惊兔般的心现在安静了，不知为什么进了村长的家他就不觉得害怕。他走到屋子一角对准尿桶，不慌不忙地撒了一泡尿，然后就跳进了那口棺材。

你不能不信那口棺材在战争中奇妙的作用，棺材里真的很暖和。你知道一个饥寒交迫的人假如觉得暖和了，那他的瞌睡很快也来啦。扁金起初还竖着耳朵倾听村外的枪声，隔着厚厚的棺板，那枪声听来像锅里的爆豆，而且越来越远了，越来越淡了。那时候椒河南岸绵延数里的开阔地上血光冲天，雀庄战役进入了激烈的白刃肉搏阶段，而瞌睡的扁金在棺材里错过了这幕百年难遇的战争场景。他依稀看见村长家的木窗被推开了，一个扎绿头巾的女孩把铁皮油桶放在窗台上。你又来了，扁金嘀咕道，三盏灯，你还要点三盏灯呀？扁金听见自己在说话，但同时也听见了自己香甜的鼾声。

扁金其实看不见打鱼船上的女孩，其实钻进木窗的是一只鸭子，只是一只鸭子而已。

三盏灯　157

7

平原上的战争是一朵巨大的血色花,你不妨把腊月十五的雀庄一役想象成其中的花蕊。硝烟散尽马革裹尸以后,战争双方吸吮了足够的血汁,那朵花就更加红了,见过它的人对于战争从此有了一种热烈而腥甜的回忆。

午后的椒河一片死寂,河面上漂浮的几具死尸像鱼一样顺流而下。像鱼一样的死尸意味着枪炮声暂时结束,这种常识连养鸭人扁金也明白。扁金刚刚走出村子就扔掉了头上的破铁锅,后来又扔掉了手里的白布。扁金之所以确信打仗已经结束,还因为麻雀又栖在树枝上叽叽喳喳了,天空中的黑雾已经消散,冬日的阳光又照到了屋顶的积雪上,更重要的是祠堂里的那群士兵不见了,祠堂门口的烂泥地上留下几道深深的车辙印,一直延伸到远处的官道上。扁金走过祠堂,忍不住把头探进去,墙上地上到处都是血污,他看见一个红白斑驳的东西浸在血污中,很像人的半条腿。扁金好奇地走近它,一下子就跳了起来,那真的是人的半条腿。扁金大叫起来,腿,一条腿。他的惊叫并非出于恐惧,而是一种错愕。扁金不知道祠堂在雀庄战役里曾经作了临时医院,他不知道一个人的腿为什么被锯断了扔在地上。

战争的垃圾与战争一样使扁金充满了疑惑。扁金先是沿着路上的几道车辙印走，沿途捡到了许多新奇的东西，一个子弹夹和几枚弹壳、一只黄帆布胶底的鞋子、半盒老刀牌香烟，还有两只散了架的木条箱。扁金试着把那只鞋穿在脚上，大小尺寸很合适，但他觉得脚底黏黏的。脱下鞋一看，原来鞋子里面汪了一摊血，血还没凝干呢。扁金就把鞋放在木条箱里，他想等血干了穿就不黏脚了，长这么大他还没穿过胶底鞋呢。扁金拖着木条箱走了一段路就止步了，空旷的大路和野地使他感到某种危险。他想该去河滩看看，仗打完了，谁知道河滩那里现在是什么样子呢？

被烧过的芦苇秆子散发着焦糊的气味，除了芦苇，还有另一种奇怪的气味随风而来。扁金分辨不出那是腥味还是甜味，扁金朝着那股气味走，实际上也是朝着河汊那里走。渐渐地他的目光不再留意椒河上那些顺流而下的死尸，死尸开始凌乱地出现在野地里，地上残存的积雪被他们染成了深红或者淡红色。扁金不怕死人，他在一具死尸边捡到了一支冲锋枪，钢质的枪管和上了亮漆的枪把显示了它奢华的气派。扁金举起枪比划着，不知怎么就扣动了扳机，一束子弹喷着火苗朝天空射去。扁金吓得扔下了枪，它望了望四周，四周仍然一片死寂，幸亏没有人听见。扁金长长地吁了一口气，他对自己说，就剩下我一个了，他们都死光啦！

扁金走到红薯地边，才看见了雀庄战役最庞大的尸山。那是一次罕见的白刃战后留下的尸山，扁金惊呆了，他甚至从来没有看见过这么多聚在一起的活人。那么多死人像一捆一捆的柴禾堆在红薯地里，红薯叶子和沙土都是暗红色的了。扁金透不过气，现在他明白那种又腥又甜的气味就是来自这片红薯地。那么多人，他们穿着黄色或灰色的棉衣棉裤，还有棉帽和棉鞋。他们有枪有刀，他们不知道是从哪儿冒出来的，刚冒出来就死了。有人用枪口对着扁金，有人手里还抓着刺刀，但扁金知道死人是不会开枪的，现在他不用害怕子弹会飞到脑门上来啦。

扁金站在那里思考了几分钟，后来他就开始捡尸堆里散落的棉帽。那种棉帽是有护耳的，冬天戴着它耳朵上就不会生冻疮了。扁金一口气捡了二十几顶棉帽，收拢在一只木条箱里。他的手上很快就沾满了血，黏黏的很难受。他跑到水边去洗手，沟里的水却也是血水，扁金只有草草涮了涮双手。他拖着一箱棉帽在尸山里穿梭，他想赶快回到村里去。但是死人脚上的那些胶底棉鞋，攫住了他的目光。那些鞋也是好鞋呀，就是娄福的新棉鞋也没它暖脚没它结实。扁金舍不得走,他开始为死人脱鞋,一口气就脱下了六双鞋。脱到第七双鞋时,扁金被那死者吓了一跳,他竟然在扁金的肚子上踹了一脚。扁金跳起来,他发现那个满脸血污的士兵还只是个少年,他的年纪也许还没自己大呢。扁金看见少年的眼睛愤怒地瞪着他,少年的脑袋却无力地歪到一边。扁金相信他已经死了,他大概是刚刚咽气的。你死了嘛,扁金对着少年嘟囔了一句,你要是没死我就不会扒你的鞋。

但是扁金不忍心再扒第七双鞋了,少年愤怒的眼睛使他心神不宁。扁金把木箱里的棉帽和鞋子码好了,拖着木箱在尸堆里穿梭。他想回村子去,他想这些帽子这些鞋子够他穿戴一辈子了,以后他再也不怕冬天的北风和冰雪了。扁金走出了红薯地,这时候他突然想起了那条打鱼船,那个名叫小碗的女孩,还有女孩垂死的母亲。她们的船原先就停在附近的河滩上,应该能看见那条船的。扁金极目四望,在一片枯焦的芦苇后面,他看见了三个小小的金黄色的光点。三盏灯,扁金认出那是船上的三盏灯,是冬日斜阳下的三盏灯。那三盏灯不如昨天夜里那么明亮,但三盏灯亮着船就在那里,三盏灯亮着女孩小碗就会在灯下守候着。

后来扁金就拖着木箱朝三盏灯跑去。

扁金是在半途上遇见那个伤兵的。伤兵在泥泞的河滩地上爬行，拖着一条长长的弯弯曲曲的血线，那是扁金在雀庄战役结束后看见的唯一一个活人。扁金起初有些惊慌，但他注意到那个人身上没有枪，他的两条腿肯定被打断了，否则他为什么要在地上爬呢？否则一个人怎么比蜗牛爬得还慢呢？

扁金屏住呼吸，悄悄地跟在那个伤兵的后面。他的脚时不时地踩住了泥地上的血线，他猜不出那些血滴是从伤兵的胸前还是腿上淌出来的。扁金觉得那个伤兵发现了自己，伤兵的头往旁边侧转，他似乎想回头看一眼身后的人，但很明显他无力回过头来。现在扁金意识到那个人对自己丧失了任何威胁，他三步两步地就跑到了伤兵的身旁。

你要爬到哪儿去？扁金轻轻地朝伤兵肩上捅了一下，他说，你爬得比蜗牛还慢，要爬到哪儿去？

伤兵艰难地侧过了脸，他的喘息声显得急促而粗重。去那儿，伤兵说话的声音模糊不清，但扁金还是听清了。三盏灯，伤兵抬起一只手指着芦苇丛后面说，三盏灯。

你看见三盏灯了？扁金说，你要去那条打鱼船上？去干什么？你是个兵呀。

三盏灯。伤兵说。

我知道那儿有三盏灯，我又不是瞎子。扁金说，可你不该往那儿爬，那是小碗的家，又不是你的家。

我要回家。伤兵说。

你是小碗的爹吗？扁金蹲下身子捧住伤兵的脸，仔细地审视着，你不是小碗的爹，扁金说，你是个老头了，你这么丑，小碗那么水灵，你不像小碗的爹。

小碗……碗儿……小……碗儿。伤兵说。

伤兵其实已经虚弱得说不出话来了，他在泥地里爬着，爬得越来越慢。现在扁金看清了那条血线的渊源，这是从伤兵的腹部、肩部和腿部分别滴淌下来的。扁金看见了伤兵的眼睛。深深塌陷的布满血丝的眼睛，他觉得这个人很奇怪，人快死了，但眼睛里的光却闪闪发亮。

你要真是小碗的爹，我就把你背到船上去。扁金说，可你怎么证明你是小碗的爹呢？

三、盏、灯。伤兵说。

伤兵吐出这三个字后便不再说话了。扁金猜他是没有力气说话了。扁金想这个人是不是小碗的爹，很快会水落石出的。他们离三盏灯已经很近了，他们离那条打鱼船只有几步之遥了。

扁金高声地喊着小碗的名字，他没有听见女孩的回应。女孩不在船头上，似乎也不在舱里。扁金看见了那条被战火熏黑的打鱼船，油毡制成的船篷已经毁于一旦，只剩下几根木架歪斜地竖在那里，奇怪的是船头的桅杆，桅杆和桅杆上的三盏灯在一夜炮火中竟然完好如初。那三盏灯现在淡如萤光，但它们确确实实地亮着，它们让扁金想起灯油和有关女孩小碗的所有事情。

小碗，去捡棉帽呀，红薯地里有好多棉帽。

打鱼船上寂然无声，女孩不知道跑到哪儿去了。

小碗，去红薯地里捡东西吧，去晚了就让别人捡走啦。

扁金的喊声突然沉了下去，他看见打鱼船的船舷上露出一只黑黑的小手，一块白布从那只小手的指缝间垂下来，白布的下端浸在了水中。扁金认出那是女孩的手，女孩没有离开她家的船，女孩躲在残破的舱里。

小碗，别害怕，仗打完了，你出来吧。

扁金疾步跳到了船上，他先是看见了船头上的那只铁皮油桶。油桶打翻了，灯油淌了一地。你怎么把油桶打翻了？没有灯油你还点什么灯啊？扁金扶起了油桶，然后他看见了船舱，船篷毁于炮火，打鱼船便再也没有遮蔽了。扁金看见了那母女俩，母亲紧紧地搂抱着女孩，但女孩一只手挣脱了母亲的怀抱，那只手顽强地伸出了船舷，挥动一块雪白的布，当然那只小手现在已经安静了，手里的白布也已经垂入了水中。扁金不再对女孩说话,一天来见了无数个死者,他已经能准确地区分活人和死者,他知道名叫小碗的女孩和她母亲已经死去。

两只黑鱼鹰却活着,一只站在船尾,一只蹲在船头,它们像两个哨兵守护着打鱼船。

她不是有白布吗?她不是挥白布了吗?扁金对鱼鹰说,挥了白布怎么还会死?

扁金知道他不该问鱼鹰,鱼鹰跟他的鸭子一样,主人对它再好也不会对你说话。扁金突然觉得眼角那里冰凉冰凉的,是一滴泪,他流泪了,流泪是心里难受的缘故。扁金心里有说不出的难受。扁金想昨天她还是个活蹦乱跳的小女孩呢,他不希望子弹打到她身上,现在他情愿用一百只鸭子换回她的性命。扁金抓起女孩的手,他用了很大的力气才把她手里的白布拽出来。扁金迁怒于那块白布,他把它狠狠地揉成一团,扔进了河里。没有用的,白布有什么用?扁金突然哽咽起来,他说,你还小,你不懂事,子弹从来是不长眼睛的。

那个伤兵爬过来了,伤兵的身子在剧烈地颤抖,而他的右臂艰难地向前抓攀着什么。扁金看出来他是想抓住船舷上的那只小手,那是女孩小碗的手。扁金不想让他抓那只小手,他用自己的大手盖住了那只小手,你别抓她,她已经死了，扁金哽咽着说，她们都已经死了。

扁金忘不了那个伤兵的眼睛，他眼睛里的亮光倏地黯淡下去。他眼睛里原来也有一盏灯，但扁金觉得从自己嘴里吹出了大风，大风倏地吹熄了那盏灯，也吹断了伤兵那条颤抖的右臂。他看见那手臂沉重地落下去，落在水里，溅起了几星水花。他看见伤兵脸上掠过一道绝望的白光，那张布满血污的脸也沉重地落下去，埋在椒河的河水里。

扁金狂叫起来，直到此时他仍然不能确信伤兵与打鱼船的关系。但扁金意识到自己的手盖住的不是小碗的手，是那个人游丝般最后的呼吸。扁金有了一种杀人后的恐惧的感觉。扁金跳下了船，他把士兵从水里搬起来，你不是说你是小碗的爹吗？你不是说要回家吗？扁金摇晃着那具沉重的滑腻的身体，他说，你怎么死了？你是傻子呀？死了怎么能回家？扁金失声恸哭起来，他把死去的士兵拖到了船上。你说你是小碗的爹，就算你是小碗的爹好了，扁金说，你想回家就回家好了，可你为什么会死，好像是我害死了你们。我没有枪，我是老百姓，我是养鸭子的扁金呀。

扁金哭泣着把死去的士兵推进了舱里，他看见三个死者恰巧躺在了一起，三个死者的脸上有一种相仿的悲伤肃穆的表情。一个男人，一个女人，还有一个名叫小碗的女孩，他们看上去真的像一家人。扁金的心现在变得空空荡荡，他注意到船桅上的三盏灯相继熄灭了。暮色从椒河上缓缓地升起来，而那三盏灯却终于熄灭了。椒河两岸一片苍茫，假如你极目西眺，你能看见落日悬浮在河的尽头，天边还残留着一抹金色的云影。但扁金看见三盏灯熄灭了，扁金的心碎了，他的稚笨的灵魂和疲惫的身体已经沉在黑暗中。

扁金后来做了一件令人不可思议的事情。你想象不出他是怎么把一条打鱼船从岸边推向河心的，后来扁金打着寒战走进冰冷的河水里，他用尽了全身力气把船推向了河心。离开这儿吧，这儿不是一个好地方。扁金对着船头的鱼鹰说。船头的鱼鹰沉默不语，扁金又对着船尾的鱼鹰说，带着他们离开这儿，到不打仗的好地方去吧。

打鱼船在暮色中顺流而下，两只鱼鹰不知道它们的船会漂向何处，去哪个好地方呢？其实扁金也不知道。

那是雀庄战役结束后的第一个黄昏，打扫战场的士兵和车辆姗姗来迟。他们途经雀庄的时候，看见一个形迹可疑的人，那个人拖着一只木条箱在河滩地上走，对所有的警告置若罔闻。士兵们看不清木条箱里装了什么东西，有人想过去盘问他，但好几个士兵都认出了扁金。他们说，别去管他，那人是雀庄的傻子。

8

战争的火球在雀庄留下了许多焦状物和黑色擦痕。连续几天出了太阳,满地的积雪化成了泥泞,满地的泥泞被阳光烤干了,土地便露出了土地的颜色,晒场是黄里泛红的,村巷是灰中透黄的,河滩是黑色的,但是村外那片广袤的红薯地里的黑土却变成了红色。

曾经被枪炮声吓昏了的家禽牲畜现在醒过神来,它们饿坏了,成群结队地跑到晒场上来寻觅食物。晒场上除了散落的子弹壳,没有任何柔软可食的东西。饥饿的猪羊鸡鸭们开始追逐扁金,向他发出各种乞食的叫声。它们似乎也没有错,偌大的村庄里只有扁金一个人,它们不向他要吃的又向谁要呢?可是扁金顾不上别人家的畜生,他自己的一大群鸭子还半饥半饱的,从河里捞来的螺蛳小鱼只够喂他自己的鸭子,所以扁金一路走着一路驱赶着那些讨厌的畜生。扁金很忙碌,他要趁着好天气洗洗木条箱里的一堆东西,十几顶棉帽,好多只棉鞋,那些棉鞋棉帽都沾着血迹,不洗干净怎么能戴在头上,怎么能穿到脚上呢?但是要把它们全部洗干净真不容易,扁金蹲在河边拼命地洗,腰都蹲酸了。

扁金把洗好的东西整齐地晾在河滩地上。那些棉鞋，那些棉帽，它们在阳光下仍然散发出一股暖暖的甜腥味，那是钻进了棉花深处的人血的气味。扁金逐个地把那些棉鞋棉帽嗅了一遍，他想这股怪味还真不容易洗掉，但那又有什么呢？你要知道它们比娄福的棉鞋好上一百倍，比娄守义的狗皮帽好上一百倍。扁金爬上草垛守护着他的东西，冬天的椒河水就在他视线里流淌。扁金从来没有见过这么肮脏的漂满垃圾的河水，几天来大堆死去的牲畜、烧焦的木头和腐烂的衣物浩浩荡荡穿过椒河，战死的士兵们早就被一车车地拖走，但河面上仍然有死尸顺流而下。扁金看见了他不想看见的东西，他想看见的东西一时却想不出来。后来他看见一块白布条在水边漂浮着，扁金就想起来了。他想看见的就是这块白布条，不，是手摇白布的女孩小碗，以及女孩家的那条船和船上的三盏灯。

三盏灯已经熄灭，那条打鱼船不知漂到哪里去了。椒河水很长，流经三城七县二百多里地，谁知道那条船漂到哪儿去了呢？有关女孩小碗的记忆总是伴随着震耳欲聋的枪炮声，想起女孩小碗扁金就感到难过。有一些看不见的子弹在他体内疯狂地爆响了，扁金的手便狂躁地在身上摸索着，他想把那些可恨的子弹拔出来，但扁金所做的一切都是徒劳的，他的全身甚至骨头都被那些子弹炸疼了。扁金痛苦地蜷缩起身子，他无法理解他体内的那些砰然作响的子弹，他安然地躲过了雀庄战役的枪林弹雨，可这么多的子弹是怎么钻进他身体的呢？

雀庄战役的幸存者扁金突然沉浸在一种意想不到的痛苦中。几天来扁金的脖子、胳膊和胸前新添了许多淤血和疤痂，那都是他自己弄伤的，扁金怎么弄都不能消除他体内的那些子弹。后来他发现了唯一能够减轻痛苦的方法，他闭上眼睛堵住耳朵去想，想女孩头上的绿头巾，想那条打鱼船上的三盏灯，想起这些，他的身体就变得松软了，体内的那些子弹也渐渐地沉寂了。

你知道扁金的生活必将改变，现在他生活中不仅仅只有那些鸭子了，鸭子对扁金的影响终于无法与女孩小碗匹敌。有一天，扁金发现他晾在河滩上的棉帽棉鞋落满了鸭屎，扁金就追赶着鸭子大发雷霆，你们就会拉屎，你们就会嘎嘎乱叫。扁金在河滩挥舞着拳头吼道，你们怎么没让子弹打死？你们一百只鸭子也顶不上小碗一个人！

腊月二十八那天，村外的官道上开始出现了疏散归来的车马人群，人们急于归来是因为春节临近，虽然平原上的战争未见偃旗息鼓的迹象，有万人的军队从西南向东北方狂流般地挺进，战车马蹄腾起的黄尘狼烟在十里以外仍然清晰可辨。但是你想想吧，雀庄有多少人会愿意在异乡他壤燃放除夕的爆竹呢？所以村长娄祥带着七八户思家心切的村民先回来了。

离了很远扁金就看见了那几辆马车，他欢呼了一声，他扔下手里的一只棉鞋，朝乡亲们跑去，但跑了几步就站住了。扁金看见村长的身影就想起自己做错的事，他想起自己曾睡过村长母亲的大棺材。村长是个出名的孝子，为了这件事他肯定能拧下自己的耳朵。而他的鸭子也惹了祸，鸭子们把村长家洁净整齐的院子弄得满地污秽，村长的女人最不能容忍牲畜在她家拉屎，村长又怕他女人，为这件事村长也绝不会轻饶了他。扁金撒腿就往村里跑，他要赶在村长回家之前，把他留下的痕迹抹掉。

扁金冲进村长娄祥家，他做的第一件事情全部围绕着那口棺材展开。他想在棺材里放回十几个红薯，但这么着急上哪儿去找红薯呢？扁金一时没有主意，就匆匆地到灶旁抓了几块木子扔进棺材里。木子与红薯看上去很不一样，扁金情急之中就拖过一捆干草盖在上面。他知道他无法让棺材里的东西恢复原状了，他没办法，没办法就只好拉上了棺盖。扁金要做的第二件事就是如何把村长的灯油桶灌满，这似乎容易一些，他很快地解开裤带对着灯油桶撒了一泡尿，然后把桶放回到村长的大床底下。剩下的那些鸭屎其实是最好办的，扁金抓过一把破笤帚扫地。

他用的力气太大了,那些干结的鸭屎甚至飞过院墙,落到了外面的村巷里。

扁金跑出村长家时,稍稍松了一口气。他爬到一棵树上观望着远处的乡亲,那几辆马车刚到村口。扁金坐在树上,他想不如就在树上迎接乡亲们。直到此时,他才发现自己是坐在娄守义家的老桑树上,他眼前的大瓦房就是娄守义家的大瓦房。扁金的心倏地往树下坠去,他的身子也一起坠到了树下。现在他意识到那大瓦房顶上的窟窿才是他惹下的大祸,他想爬到那房顶上去,但他知道自己连茅草屋顶都不会苫补,怎么会苫补大瓦房的房顶呢?扁金急得大汗淋漓,他想起娄守义有五个力大如牛的儿子,还有三个凶神恶煞的女儿,他们肯定饶不了他,他们每人踢他一脚就能要了他的命。扁金蹲在老桑树下茫然失措,一种巨大的恐惧压得他直不起腰来。后来扁金就捂着脸蹲在那里,他听见体内的那些子弹又乒乒乓乓地爆响了,他的全身上下甚至骨头都开始疼了。

村长娄祥发现扁金的时候,欣喜若狂,娄祥跳下牛车,张开双臂扑过来,像鹰捕小鸡一样抓住了扁金。

娄祥说,你个傻子,你还活着嘛,都说子弹不长眼睛,谁说子弹不长眼睛,它就是不打傻子嘛。

扁金说,我不是傻子。

娄祥说，谁说你傻子？傻子能从枪炮下活过来？谁说你傻子他自己就是傻子。

扁金说，子弹打到我了，就是拔不出来，我身上到处都疼，疼死我了。

娄祥伸过手在扁金身上捏了几下，哪儿挨子弹了？你这身皮比牛皮还结实呢。娄祥抓着扁金的耳朵说，你个傻子，又跟我胡说八道了？

别拧我耳朵。扁金满脸惊慌地瞟了眼村长的大手，我没去你家。扁金突然叫起来，我的鸭子也没去你家拉屎。

你去我家干什么？你的鸭子跑我家拉屎？怕我拧不下你的耳朵？

别拧我耳朵。扁金仍然叫喊着，他的脑袋始终躲避着娄祥的大手。他说，我没拿过你家的灯油，小碗也没拿，你家的灯油桶还在床底下放着呢。

娄祥突然不说话了，他的光头凑到扁金面前，他的犀利的目光刺得扁金双颊通红。好你个傻子，娄祥冷笑道，我就猜到你干了坏事，给我说实话，你到底干了什么坏事？

扁金垂下头，他用两只手紧紧地护住了两只耳朵。他说，我没睡过你家的棺材，棺材是给死人睡的，我没睡过。棺材里的红薯有油漆味，我也没吃过棺材里的红薯。

三盏灯　173

娄祥的嘴里吐出了脏话，他的大手终于掰开扁金的十指，他的两只大手同时揪住了扁金的两只耳朵，同时狠狠地拧了几下，然后娄祥就急如火星地奔回家了。

扁金捂着耳朵站了起来，他觉得耳朵快掉下来了，但他还是忍着疼痛朝村长的背影喊了一声，村长，我告诉你，娄守义家的房顶让子弹打了个窟窿！

许多村里人朝扁金围过来，他们七嘴八舌地向扁金打听雀庄战役的各种细节。扁金一句也听不进去，扁金粗鲁地推开人群往外走，你们像老鼠一样逃走了，你们的房子却没起火，我在这儿守着我的鸭子，可我的鸭棚让他们毁啦。扁金说，你们知道吗，我在祠堂里睡了好几天啦。有个孩子拉住扁金的衣角问，扁金，你怎么没让子弹打着呢？扁金甩掉了孩子的手，他突然哽咽了一下，想哭而又忍住了，扁金哽咽着说，你们知道什么？子弹都藏在我的肉里，我都快疼死了！

在雀庄人看来扁金说话从来都是语无伦次傻里傻气的，他对雀庄战役的描述虽然莫名其妙，但还是引起了一阵嬉笑声。他们疑惑不解的是扁金最后的呐喊，你们不是好人，扁金扯着嗓子在村口呐喊，你们一百个人也顶不上小碗一个人！

他们当时不知道那是扁金在雀庄留下的第一次呐喊，

也是最后一次呐喊。

9

养鸭人扁金在腊月二十八的夜里离开了雀庄,也许是腊月二十九的凌晨,这已经无关紧要。村长娄祥那天气冲冲地走遍雀庄附近的每一个角落,却没有看见扁金和他的鸭子的影子。王寡妇的儿子在椒河边捉螃蟹,他告诉娄祥扁金赶着鸭子顺河滩走了,他说扁金一边走一边还在哭呢。

村长娄祥以为扁金在天黑以前会回家,但扁金再也没回家。说起来扁金在雀庄也没有什么家,他带走那群鸭子就把家也带走了。后来是娄福娄守义他们回家了。他们不会不回来,雀庄人谁也不愿意在外面过年嘛。扁金离村那天,娄祥在他家的柴堆上发现了一只棉帽和一双棉鞋。他是个闯过码头见过世面的人,一眼就认出那是军用品,而且他很快猜到它们是从死人身上扒下来的。娄祥咒骂着扔掉了棉帽和棉鞋,刚扔掉又捡了回来。他是个识货的人,这么暖和实用的棉帽,这么结实耐穿的胶底棉鞋,娄祥实在舍不得扔掉它们,他知道那是扁金赎罪的一份礼物。

收到棉帽和棉鞋的还有娄守义一家。娄守义起初喜出望外，但后来弄清了那些棉鞋棉帽和房顶上大窟窿的联系，娄守义的脸便气白了，几只烂鞋烂帽来换我家的房顶？娄守义咬牙切齿地骂道，这个傻子，这个傻子怎么会没挨子弹？他就是被子弹打成个蜂窝，也解不了我心头的恨！

不管是村长娄祥还是娄守义，他们都舍不得扔掉扁金的礼物。大年初一的早晨，娄守义去娄祥家拜年，看见娄祥头上戴着和自己一样的棉帽。脚上穿着和自己一样的棉鞋，他们两个盯着对方愣了一会儿，突然一齐会意地笑起来。

娄守义说，这帽子很好，有两个护耳，冬天不冻耳朵。

村长娄祥说，棉鞋也很好，又结实又暖和，我还没穿过这么好的棉鞋呢。

过年那几天，村长娄祥常常想起扁金，他不知道扁金为什么像个老鼠一样逃离雀庄。过年了，别人都回家了，他却像个老鼠一样地逃啦。娄祥想起扁金以前也做过不少让人痛恨的事，有一次他差点把人家的猪拖进椒河呢，以前他从来不害怕，从来没跑过，这次为什么怕成这样？娄祥后来很自然地联想到雀庄战役的枪林弹雨，他猜扁金大概是让子弹和炮火吓破了胆。

直到这年秋天，雀庄的乡亲们没有谁再见过养鸭人扁金。秋天的时候，娄福跟着一条稻米船去椒河下游贩米，船过桃县地界的时候，娄福看见了养鸭人扁金，扁金赶着一群鸭子在椒河岸边走。娄福说他认出了扁金，扁金却不认识他了。娄福问他去哪儿，扁金说他不去哪儿，他要找一条打鱼船。娄福问他要找什么样的打鱼船，扁金说是一条有三盏灯的打鱼船。娄福说从来没见过有三盏灯的打鱼船，他问扁金找那条船干什么。扁金就不说话了，扁金像个哑巴一样赶着鸭子走，后来扁金就埋下头，像个哑巴一样赶着鸭子在椒河边走。

什么打鱼船？什么三盏灯？娄福回村后说起这件事就格格地笑，他对乡亲们说，我早就说过扁金是傻子，你们偏不信，现在你们该相信了吧？

现在我们该相信了，扁金和他的鸭群仍然在椒河边走，他们大概会一直走到椒河下游，走到椒河水与其他河流交汇的丘陵地区。这其实是一条异常险恶的行走路线，我们知道平原上的战争是十只巨大的火球，它可以朝四面八方滚动。秋天的时候，战争的火球恰恰正在向丘陵地区滚来。

（1994年）

# 一九三四年的逃亡

我的父亲也许是个哑巴胎。他的沉默寡言使我家笼罩着一层灰蒙蒙的雾障足有半个世纪。这半个世纪里，我出世成长蓬勃衰老。父亲的枫杨树人的精血之气在我身上延续，我也许是个哑巴胎。我也沉默寡言。我属虎，十九岁那年我离家来到都市，回想昔日少年时光，我多么像一只虎崽伏在父亲的屋檐下，通体幽亮发蓝，窥视家中随日月飘浮越飘越浓的雾障，雾障下生活的是我们家族残存的八位亲人。

去年冬天，我站在城市的某盏路灯下，研究自己的影子。我意识到这将成为一种习惯在我身上滋生蔓延。城市的灯光往往是雪白宁静的。我发现我的影子很蛮横很古怪地在水泥人行道上洇开来，像一片风中芦苇。我当时被影子追踪着，双臂前扑，扶住了那盏高压氖灯的金属灯柱。

回头又研究地上的影子，我看见自己在深夜的城市里，画下了一个逃亡者的像。一种与生俱来的慌乱使我抱头逃窜。我像父亲。我一路奔跑，经过夜色迷离的城市，父亲的影子在后面呼啸着追踪我，那是一种超于物态的静力的追踪。我懂得，我的那次奔跑是一种逃亡。

我特别注重这类奇特的体验总与回忆有关。我回忆起从前有许多个黄昏，父亲站在我的铁床前，一只手抚摸着我的脸，一只手按在他苍老的脑门上，回过头去凝视地上那个变幻的人影，就这样许多年过去我长到二十六岁。

你们是我的好朋友。我告诉你们了，我是我父亲的儿子，我不叫苏童。我有许多父亲遗传的习惯在城市里展开，就像一面白色丧旗插在你们前面。我喜欢研究自己的影子。去年冬天，我和你们一起喝了白酒后，打翻一瓶红墨水，在墙上画下了我的八位亲人。我还写了一首诗想夹在少年时代留下的历史书里。那是一首胡言乱语口齿不清的自白诗。诗中幻想了我的家族从前的辉煌岁月，幻想了横亘于这条血脉的黑红灾难线。有许多种开始和结尾交替出现。最后我痛哭失声，我把红墨水拼命地往纸上抹，抹得那首诗无法再辨别字迹。我记得最先的几句写得异常艰难：

  我的枫杨树老家沉没多年

  我们逃亡到此

  便是流浪的黑鱼

  回归的路途永远迷失

  你现在去推开我父亲的家门，只会看见父亲还有我的母亲，我的另外六位亲人不在家。他们还在外面像黑鱼一般涉泥流浪。他们还没有抵达那幢木楼房子。

  我父亲喜欢干草。他的身上一年四季散发着醇厚坚实的干草清香。他的皮肤褶皱深处生长那种干草清香。街上人在春秋两季总看见他担着两筐干草从郊外回来，晃晃悠悠挑入我家大门。那些黄褐色松软可爱的干草被码成堆，存放在堂屋和我住过的小房间里，父亲经常躺在草堆上面，高声咒骂我的瘦小的母亲。

  我无法解释一个人对干草的依恋，正如同无法解释天理人伦。追溯我的血缘，我们家族的故居也许就有过这种干草。我的八位亲人也许都在故居的干草堆上投胎问世，带来这种特殊的记忆。父亲面对干草堆可以把自己变作巫师。他抓起一把干草，在夕阳的余晖下，凝视着便闻见已故的亲人的气息。祖母蒋氏、祖父陈宝年、老大狗崽、小女人环子从干草的形象中脱颖而出。但是我无缘见到那些亲人。我说过父亲也许是个哑巴胎。当我想知道我们全是人类生育繁衍大链环上的某个环节时,我内心充满甜蜜的忧伤。我想探究我的血流之源,我曾经纠缠着母亲打听先人的故事。但是我母亲不知道,她不是枫杨树乡村的人。她说:"你去问他吧,等他喝酒的时候。"我父亲醉酒后异常安静,他往往在醉酒后跟母亲同床。在那样的夜晚,父亲的微红的目光悠远而神秘。他伸出胳膊箍住我的母亲,充满酒气的嘴唇贴着我的耳朵,慢慢吐出那些亲人的名字:祖母蒋氏、祖父陈宝年、老大狗崽、小女人环子。他还反反复复地说:"一九三四年。你知道吗?"后来他又大声告诉我,一九三四年是个灾年。

一九三四年。

你知道吗?

一九三四年是个灾年。

有一段时间,我的历史书上标满了一九三四这个年份。一九三四年迸发出强壮的紫色光芒,圈住我的思绪。那是不复存在的遥远的年代,对于我也是一棵古树的年轮。我可以端坐其上,重温一九三四年的人间沧桑。我端坐其上,首先会看见我的祖母蒋氏浮出历史。

蒋氏干瘦细长的双脚钉在一片清冷浑浊的水稻田里一

动不动。那是关于初春和农妇的画面。蒋氏满面泥垢，双颧突出，垂下头去听腹中婴儿的声音。她觉得自己像一座荒山，被男人砍伐后种上一棵又一棵儿女树。她听见婴儿的声音仿佛是风吹动她，吹动一座荒山。

在我的枫杨树老家，春日来得很早，原白色的阳光随丘陵地带曲折流淌，一点点地温暖了水田里的一群长工。祖母蒋氏是财东陈文治家独特的女长工。女长工终日泡在陈文治家绵延十几里的水田中，插下了起码一万株稻秧。她时刻感觉到东北坡地黑砖楼的存在，她的后背有一小片被染黑的阳光起伏跌宕。站立在远处黑砖楼上的人影就是陈文治。他从一架日本望远镜里望见了蒋氏。蒋氏在那年初春就穿着红布圆肚兜，后面露出男人般瘦精精的背脊。背脊上有一种持久的温暖的雾霭散起来，远景模糊，陈文治不停地用衣袖擦拭望远镜镜片。女长工动作奇异，凭借她的长胳膊长腿把秧子天马行空般插，插得赏心悦目。陈文治惊叹于蒋氏的做田功夫，整整一个上午，他都在黑砖楼上窥视蒋氏的一举一动，苍白的刀条脸上漾满了痴迷的神色。正午过后，蒋氏走出水田，她将布褂胡乱披上肩背，手持两把滴水的秧子，在长工群中甩搭甩搭地走。她的红布兜有力地鼓起，即使是在望远镜里，财东陈文治也看出来蒋氏怀孕了。

我祖上的女人都极善生养。一九三四年，祖母蒋氏又一次怀孕了。我父亲正渴望出世，而我伏在历史的另一侧洞口，朝他们张望。这就是人类的锁链披挂在我身上的形式。

我对于枫杨树乡村早年生活的想象中，总是矗立着那座黑砖楼。黑砖楼是否存在并无意义，重要的是它已经成为一种沉默的象征，伴随祖母蒋氏出现，或者说黑砖楼只是祖母蒋氏给我的一块布景，诱发我的瑰丽的想象力。

所有见过蒋氏的陈姓遗老都告诉我，她是一个丑女人。她没有那种红布圆肚兜，她没有农妇顶起红布圆肚兜的乳房。

祖父陈宝年十八岁娶了蒋家圩这个长脚女人。他们拜天地结亲是在正月初三。枫杨树人聚集在陈家祠堂，喝了三大锅猪油赤豆菜粥。陈宝年也围着铁锅喝，在他焦灼难耐的等待中，一顶红竹轿徐徐而来。陈宝年满脸猩红，摔掉粥碗欢呼："陈宝年的鸡巴有地方住！"所以祖母蒋氏是在枫杨树人的一阵大笑声中走出红竹轿的。蒋氏也听见了陈宝年的欢呼。陈宝年牵着蒋氏僵硬汗湿的手朝祠堂里走，他发现那个被红布帕蒙住脸的蒋家圩女人高过自己一头，目光下滑最后落在蒋氏的脚上，那双穿绣鞋的脚硕大结实，呈八字形茫然踩踏陈家宗祠。陈宝年心中长出一棵灰暗的狗尾巴草,他在祖宗像前跪拜天地的时候,不时蜷起尖锐的五指,狠掐女人伸给他的手。陈宝年做这事的时候,神色平淡,侧耳细听女人的声音。女人只是在喉咙深处发出含糊的呻吟,同时陈宝年从她身上嗅见了一种牲灵的腥味。

这是六十年前我的家族史中的一幕,至今尤应回味。传说祖父陈宝年是婚后七日离家去城里谋生的。陈宝年的肩上圈着两匹上好的青竹篾,摇摇晃晃走过黎明时分的枫杨树乡村。一路上,他大肆吞咽口袋里那堆煮鸡蛋,直吃到马桥镇上。镇上一群开早市的各色手工匠人看见陈宝年急匆匆赶路,青布长裤大门洞开,露出里面印迹斑斑的花布裤头,一副不要脸的样子。有人喊:"陈宝年把你的大门关上。"陈宝年说狗捉老鼠多管闲事大门敞开进出方便。他把鸡蛋壳扔到人家头上,风风火火走过马桥镇。自此马桥镇人提起陈宝年就会重温他留下的民间创作。

闩起门过的七天是昏天黑地的。第七天门打开,婚后的蒋家圩女人站在门口,朝枫杨树村子泼了一木盆水。枫杨树女人们随后胡蜂般拥进我家祖屋,围绕蒋氏嗡嗡乱叫。他们看见朝南的窗子被狗日的陈宝年用木板钉死了。我家祖屋阴暗潮湿。蒋氏坐到床沿上,眼睛很亮地睥视众人。她身上的牲灵味道充溢了整座房子。她惧怕谈话,很莽撞地把一件竹器夹在双膝间酝酿干活。女人们看清楚那竹器是陈宝年编的竹老婆,大乳房的竹老婆原来是睡在床角的。蒋氏突然对众人笑了笑,咬住厚嘴唇,从竹老婆头上抽了一根篾条来,越抽越长,竹老婆的脑袋慢慢地颓落掉在地上。蒋氏的十指瘦筋有力,干活麻利,从一开始就给枫杨树人留下了深刻印象。

"你男人是好竹匠。好竹匠肥裤腰,腰里铜板到处掉。"枫杨树的女人都是这样对蒋氏说的。

蒋氏坐在床上回忆陈宝年这个好竹匠。他的手被竹刀磨成竹刀,触摸时她忍着那种割裂的疼痛,她心里想她就是一捆竹篾被陈宝年搬来砍砍弄弄的。枫杨树的狗女人们,你们知不知道陈宝年还是个小仙人会给女人算命?他说枫杨树女人十年后要死光杀绝,他从蒋家圩娶来的女人将是颗灾星照耀枫杨树的历史。

陈宝年没有读过《麻衣神相》。他对女人的相貌有着惊人的尖利的敏感,来源于某种神秘的启示和生活经验。从前他每路遇圆脸肥臀的女人,就眼泛红潮穷追不舍,兴尽方归。陈宝年娶亲后的第一夜,月光如水泻进我家祖屋。她骑在蒋氏身上俯视她的脸,不停地唉声叹气。他的竹刀手砍伐着蒋氏沉睡的面容。她的高耸的双颧被陈宝年的竹刀手磨出了血丝。

蒋氏总是疼醒。陈宝年的手压在脸上像个沉重的符咒沁入她身心深处。她拼命想把他翻下去，但陈宝年端坐不动，有如巫师渐入魔境。她看见这男人的瞳仁很深，深处一片乱云翻卷成海。男人低沉地对她说：

"你是灾星。"

那七个深夜，陈宝年重复着他的预言。

我曾经到过长江下游的旧日竹器城，沿着颓败的老城城墙寻访陈记竹器店的遗址。这个城市如今早已没有竹篾满天满地的清香和丝丝缕缕的乡村气息。我背驮红色帆布包，站在城墙的阴影里，目光犹如垂曳而下的野葛藤缠绕着麻石路面和行人。你们白发苍苍的老人，有谁见过我的祖父陈宝年吗？

祖父陈宝年就是在竹器城里听说了蒋氏八次怀孕的消息。去乡下收竹篾的小伙计告诉陈宝年，你老婆又有了，肚子这么大了。陈宝年牙疼似的吸了一口气问，到底多大了？小伙计指着隔壁麻油铺子说，有榨油锅那么大。陈宝年说，八个月吧？小伙计说，到底几个月要问你自己，你回去扫荡一下就弹无虚发，一把百发百中的驳壳枪。陈宝年终于怪笑一声，感叹着嘟囔着那狗女人血气真旺哪。

我设想陈宝年在刹那间为女人和生育惶惑过。他的竹器作坊被蒋氏的女性血光照亮了，挂在墙上吊在梁上堆在地上的竹椅竹席竹篮竹匾一齐耸动，传导女人和婴儿浑厚的呼唤撞击他的神经。陈宝年唯一目睹过的老大狗崽的分娩情景是否会重现眼前？我的祖母蒋氏曾经是位原始的毫无经验的母亲。她仰卧在祖屋金黄的干草堆上，苍黄的脸上一片肃穆，双手紧紧抓握一把干草。陈宝年倚在门边，他看着蒋氏手里的干草被捏出了黄色水滴，觉得浑身虚颤不止，精气空空荡荡。而蒋氏的眼睛里跳动着一团火苗，那火苗在整个分娩过程中自始至终地燃烧，直到老大狗崽哇哇坠入干草堆。这景象仿佛江边落日一样庄严生动。陈宝年亲眼见到陈家几代人赡养的家鼠从各个屋角跳出来，围着一堆血腥的干草欢歌起舞。他的女人面带微笑，崇敬地向神秘的家鼠致意。

一九三四年，我的祖父陈宝年一直在这座城市里吃喝嫖赌，潜心发迹，没有回过我的枫杨树老家。我在一条破陋的百年小巷里，找到陈记竹器店的遗址时，夜幕降临了。旧日的昏黄街灯重新照亮一个枫杨树人，我茫然四顾，那座木楼肯定已经沉入历史深处，我是不是还能找到祖父陈宝年在半个世纪前浪荡竹器城的足迹？

在我的已故亲人中，陈家老大狗崽以一个拾粪少年的形象，站立在我们家史里，引人注目。狗崽的光辉在一九三四年突放异彩。这年他十五岁，四肢却像蒋氏般的修长，他的长相类似聪明伶俐的猿猴。

枫杨树老家人性好养狗。狗群寂寞的时候，成群结队野游，在七歪八斜的村道上排泄乌黑发亮的狗粪。老大狗崽终日挎着竹箕追逐狗群，忙于回收狗粪。狗粪即使躲在数里以外的草丛中，也逃脱不了狗崽锐利的眼睛和灵敏的嗅觉。

这是从一九三四年开始的。祖母蒋氏对狗崽说，你拾满一竹箕狗粪去找有田人家，一竹箕狗粪可以换两个铜板，他们才喜欢用狗粪肥田呢。攒够了铜板，娘给你买双胶鞋穿，到了冬天你的小脚板就可以暖暖和和了。狗崽怜惜地凝视了一会自己的小光脚，抬头对推磨碾糠的娘笑着。娘的视线穿在深深的磨孔里，随碾下的麸糠痛苦地翻滚着。狗崽闻见那些黄黄黑黑的麸糠散发出一种冷淡的香味。那双温暖的胶鞋在他的幻觉中突然放大，他一阵欣喜把身子吊在娘的石磨上，大喊一声："让我爹买一双胶鞋回家！"蒋氏看着儿子像一只陀螺在磨盘上旋转，推磨的手却着魔似的停不下来。在眩惑中蒋氏拍打儿子的屁股，喃喃地说："你去拾狗粪，拾了狗粪才有胶鞋穿。""等开冬下了雪还去拾吗？"狗崽问。"去。下了雪地上白，狗粪一眼就能看见。"

对一双胶鞋的幻想,使狗崽的一九三四年过得忙碌而又充实。他对祖母蒋氏进行了一次反叛。卖狗粪得到的铜板没有交给蒋氏,而放进一只木匣子里。狗崽将木匣子掩人耳目地藏进墙洞里,赶走了一群神秘的家鼠。有时候睡到半夜,狗崽从草铺上站起来,踮足越过左右横陈的家人身子去观察那只木匣子。在黑暗中,狗崽的小脸迷离动人,他忍不住搅动那堆铜板,铜板沉静地琅琅作响。情深时狗崽会像老人一样长叹一声,浮想联翩。一匣子的铜板以橙黄色的光芒照亮这个乡村少年。

回顾我家历史,一九三四年的灾难也降临到老大狗崽的头上。那只木匣子在某个早晨突然失踪了。狗崽的指甲在墙洞里抠烂抠破后,变成了一条小疯狗。他把几个年幼的弟妹捆成一团麻花,挥起竹鞭拷打他们,追逼木匣的下落。我家祖屋里一片小儿女的哭喊,惊动了整个村子。祖母蒋氏闻讯从地里赶回来,看到了狗崽拷打弟妹的残酷壮举。狗崽暴戾野性的眼神使蒋氏浑身颤抖。那就是陈宝年塞在她怀里的一个咒符吗?蒋氏顿时联想到人的种气掺满了恶行,有如日月运转衔接自然。她斜倚在门上,环视她的儿女,又一次怀疑自己是树,身怀空巢,在八面风雨中飘摇。

木匣子丢失后,我家笼罩着一片伤心阴郁的气氛。狗崽终日坐在屋角的干草堆里,监察着他的这个家。他似乎听到那匣铜板在祖屋某个隐秘之处琅琅作响。他怀疑家人藏起了木匣子。有几次,蒋氏感觉到儿子的目光扫过来,执拗地停留在她困倦的脸上,仿佛有一把芒刺刺痛了蒋氏。

"你不去拾狗粪了吗?"

"不。"

"你是非要那胶鞋对吗?"蒋氏突然扑过去揪住了狗崽的头发说,你过来你摸摸娘肚里七个月的弟弟娘不要他了省下钱给你买胶鞋你把拳头攥紧来朝娘肚子上狠狠地打狠狠地打呀。

狗崽的手触到了蒋氏悬崖般常年隆起的腹部。他看见娘的脸激动得红润发紫朝他俯冲下来。她露出难得的笑容拉住他的手说,狗崽打呀打掉弟弟娘给你买胶鞋穿。这种近乎原始的诱惑使狗崽跳起来,他呜呜哭着朝娘坚硬丰盈的腹部连打三拳。蒋氏闭起眼睛,从她的女性腹腔深处发出三声凄怆的共鸣。

被狗崽击打的胎儿就是我的父亲。

我后来听说了狗崽的木匣子的下落,禁不住为这辉煌的奇闻黯然神伤。我听说一九三五年南方的洪水泛滥成灾。我的枫杨树故乡被淹为一片荒墟。祖母蒋氏划着竹筏逃亡时,看见家屋地基里突然浮出那只木匣子,七八只半死不活的老鼠护送那只匣子游向水天深处。蒋氏认得那只匣子那些老鼠。她奇怪陈家的古老家鼠竟然力大无比,曾把狗崽的铜板运送到地基深处。她想那些铜板在水下一定是绿锈斑斑了,即使潜入水底捞起来,也闻不到狗崽和狗粪的味道了。那些水中的家鼠要把残存的木匣子送到哪里去呢。

我对父亲说过,我敬仰我家祖屋的神奇的家鼠。我也喜欢十五岁的拾狗粪的伯父狗崽。

父亲这辈子对他在娘腹中遭受的三拳念念不忘。他也许一直仇恨已故的兄长狗崽。从一九三四年一月到十月,我父亲和土地下的竹笋一样负重成长,跃跃欲试跳出母腹。时值四季的轮回和飞跃,枫杨树四百亩早稻田由绿转黄。到秋天,枫杨树乡村的背景一片金黄,旋卷着一九三四年的植物熏风,气味复杂,耐人咀嚼。

枫杨树老家这个秋季充满倒错的伦理至今是个谜。那是乡村的收获季节。鸡在凌晨啼叫,猪在深夜拱圈。从前的枫杨树人十月里全村无房事,但这个秋季却是个谜。可能就是那种风吹动了枫杨树网状的情欲。割稻的男女为什么频频弃镰而去,都飘进稻浪里无影无踪啊,你说到底是从哪里吹来的这种风?

祖母蒋氏拖着沉重的身子在这阵风中发呆。她听见稻浪深处传来的男女之声,充满了快乐的生命力,在她和胎儿周围大肆喧嚣。她的一只手轻柔地抚摸着腹中胎儿,另一只手攥成拳头顶住了嘴唇,干涩的哭声倏地从她指缝间蹿出去,像芝麻开花节节高,令听者毛骨悚然。他们说,我祖母蒋氏哭起来胜过坟地上的女鬼,饱含着神秘悲伤的寓意。

背景还是枫杨树东北部黄褐色的土坡和土坡上的黑砖楼。祖母蒋氏和父亲就这样站在五十多年前的历史画面上。

收割季节里,陈文治精神亢奋,每天吞食大量白面,胜似一只仙鹤神游他的六百亩水稻田。陈文治在他的黑砖楼上远眺秋景,那只日本望远镜始终追逐着祖母蒋氏。在十月的熏风丽日下,他窥见了蒋氏分娩父亲的整个过程。映在玻璃镜片里的蒋氏像一头老母鹿行踪诡秘。她被大片大片的稻浪前推后拥,浑身金黄耀眼,朝田埂上的陈年干草垛寻去。后来她就悄无声息地仰卧在那垛干草上,将披挂下来的蓬乱头发噙在嘴里,眸子痛楚得烧成两盏小太阳。那是熏风丽日的十月。陈文治第一次目睹了女人的分娩。蒋氏干瘦发黑的胴体在诞生生命的前后，变得丰硕美丽，像一株被日光放大的野菊花尽情燃烧。

父亲坠入干草的刹那间血光冲天，弥漫了枫杨树乡村的秋天。他的强劲奔放的啼哭声震落了陈文治手中的望远镜，黑砖楼上随之出现一阵骚动。望远镜的玻璃镜片碎裂后，陈文治渐渐软瘫在楼顶，他的神情衰弱而绝望。下人赶来扶拥他时，发现那白锦缎裤子亮晶晶地湿了一片。

我意识到陈文治这人物是一个古怪的人精，不断地攀在我的家族史的茎茎叶叶上。枫杨树半村姓陈，陈家族谱记载了我家和陈文治的微薄的血缘关系。陈文治和陈宝年的父亲是五代上的叔伯兄弟还是六代上的叔侄关系并非重要，重要的是陈文治家十九世纪便以富庶闻名方圆多里，而我家世代居于茅屋下面饥寒交迫。祖父陈宝年曾经把他妹妹凤子跟陈文治换了十亩水田。我想枫杨树本土的人伦就是这样经世代沧桑浸蚀几经沉浮的。那个凤子仿佛一片美丽绝伦的叶子掉下我们家枝繁叶茂的老树，化成淤泥。据说那是我祖上最漂亮的女人，她给陈文治家当了两年小妾，生下三名男婴，先后被陈文治家埋在竹园里。有人见过那三名被活埋的男婴，他们长相又可爱又畸形，头颅异常柔软，毛发金黄浓密，却都不会哭。消息走漏后，整个枫杨树乡村震惊了多日。他们听见凤子在陈家竹园里时断时续地哀哭,后来她便开始发疯地摇撼每一棵竹子,借深夜的月光破坏苍茫一片的陈家竹园。那时候陈宝年十七岁还没娶亲,他站在竹园外的石磨上,冻得瑟瑟发抖。他一直拼命跺着脚朝他妹妹叫喊,凤子你别毁竹子你千万别毁陈家的竹子。他不敢跑到凤子跟前去拦,只是站在石磨上,忍着春寒喊,凤子亲妹妹别毁竹子啦哥哥是猪是狗良心掉到尿泡里了你不要再毁竹子呀。他们兄妹俩的奇怪对峙以凤子暴死结束。凤子摇着竹子慢慢地就倒在竹园里了,死得蹊跷。记得她遗容是酱紫色的,像一瓣落叶夹在我家史册中,令人惦念。五十多年前,枫杨树乡亲曾经想跟着陈宝年把凤子棺木抬入陈文治家。陈宝年只是把脸埋在白幔里,无休止地呜咽,他说:"用不着了,我知道她活不过今年,怎么死也是死。我给她卜卦了。不怨陈文治,也不怪我,凤子就是死里无生的命。"五十多年后,我把姑祖母凤子作为家史中一点紫色光斑来捕捉。凤子就是一只美丽的萤火虫匆匆飞过我面前,我又怎能捕捉到她的紫色光亮呢?凤子的特殊生育区别于祖母蒋氏,我想起那三个葬身在竹园下面的畸形男婴,想起我学过的遗传和生育理论,有一种设想和猜疑使我目光呆滞,无法深入探究我的家史。

我需要陈文治的再次浮出。

枫杨树老家的陈氏大家族中，唯有陈文治家是财主，也只有陈文治家祖孙数代性格怪异，各有奇癖。他们的寿数几乎雷同，只活得到四十坎上。枫杨树人认为，陈文治和他的先辈早夭，是耽于酒色的报应。他们几乎垄断了近两百年枫杨树乡村的美女。那些女人进入陈家黑幽幽的五层深院，仿佛美丽的野虻子悲伤而绝情地叮在陈文治们的身上。她们吸吮了其阴郁而霉烂的精血后，也失却了往日的芳颜。后来她们挤在后院的柴房里，劈拌子或者烧饭，脸上永久地贴上陈文治家小妾的标志：一颗黑红色的梅花痣。

间或有一个刺梅花痣的女人被赶出陈家，在马桥镇一带流浪，她会发出那种苍凉的笑容勾引镇上的手工艺人。而镇上人见到刺梅花痣的女人便会朝她围过来，问及陈家人近来的生死，问及一只神秘的白玉瓷罐。

我需要给你们描述陈文治家的白玉瓷罐。

我没有也不可能见到那只白玉瓷罐。但我现在看见一九三四年的陈文治家了，看见客厅长案上放着那只白玉瓷罐。瓷罐里装着枫杨树人所关心的绝药。老家的地方野史《沧海志史》对绝药作了如下记载：

家宝不示。疑山东巫师炼少子少女精血而制。壮阳健肾抑或延年益寿不详。

即使是脸上刺梅花痣的女人也无法解释陈家绝药,她们只是猜想瓷罐里的绝药快要见底了。这一年夏末秋初,陈文治像热锅上的蚂蚁在村里仓皇乱窜。他甩开了下人,独自在人家房前屋后张望,还从晾衣架上偷走了好多花花绿绿的裤衩塞进怀里,回家关起门专心致志地研究。那堆裤衩中有一条是我家老大狗崽的,狗崽找不见裤衩,以为是风吹走的。他就把家里的一块蓝印花包袱布围在腰际,离家去拾狗粪。

狗崽挎着竹箕一路寻找狗粪,来到了陈文治的黑砖楼下。他不知道黑砖楼上有人在注意他。猛然听见陈文治的管家在楼上喊:"狗崽狗崽,到这儿来干点活,你要什么给什么。"狗崽抬起头,看着那黑漆漆的楼想了想,"是去推磨吗?""就是推磨。来吧。"管家笑着说。"真的要什么给什么吗?"狗崽说完就把狗粪筐扔了,跑进陈文治家。

这事情是在陈家后院谷仓里发生的。那座谷仓硕大无比,在午后的阳光下蒸发着香味。狗崽被管家拽进去,一下子就晕眩起来,他从来没见过这么多的生谷粒。他隐约见到村里还有几个男孩女孩焦渴地坐在谷堆上,咯嘣咯嘣嚼咽着大把生谷粒。

"磨呢？磨在哪里？"

管家拍拍狗崽的头顶，怪模怪样地歪了歪嘴，说："在那儿呢，你不推磨磨推你。"

狗崽被推进谷仓深处。哪儿有石磨？只有陈文治正襟危坐在红木太师椅上，他的浑身上下斑斑点点洒着金黄的谷屑，双膝间夹着一只白玉瓷罐。陈文治极其慈爱地朝狗崽微笑，他看见狗崽的小脸巧夺天工地融合了陈宝年和蒋氏的性格棱角，显得愚朴而可爱。陈文治问狗崽："你娘这几天怎么不下地呢？"

"我娘又要生孩子了。"

"你娘……"陈文治弓着身子突然捱过来解狗崽遮羞的包袱布。狗崽尖叫着跳起来，这时他看清了那只滚在地上的白玉瓷罐，瓷罐里有什么浑浊的气味古怪的液体流了出来。狗崽闻到那气味禁不住想吐，他蹲下身子两只手护住蓝花包袱布，感觉到陈文治的瘦骨嶙峋的手正在抽动他的腰际。狗崽面对枫杨树最大人物的怪诞举动六神无主，欲哭无泪。

"你要干什么你要干什么？"

狗崽身上凝结的狗粪味这一刻像雾一般弥漫。他闻到了自己身上的浓烈的狗粪味。狗崽双目圆睁，在陈文治的手下野草般颤动。当他萌芽时期的精液以泉涌速度冲到陈文治手心里又被滴进白玉瓷罐后，狗崽哇哇大哭起来，一边哭一边语无伦次地叫喊：

"我不是狗我要胶鞋给我胶鞋给我胶鞋。"

我家老大狗崽后来果真抱着双新胶鞋出了陈文治家门。他回到土坡上，看见傍晚时分的紫色阳光照耀着他的狗粪筐，村子一片炊烟，出没于西北坡地的野狗群撕咬成一堆，吠叫不止。狗崽抱着那双新胶鞋在坡上跌跌撞撞地跑，他闻见自己身上的狗粪味越来越浓，他开始惧怕狗粪味了。

这天夜里，祖母蒋氏一路呼唤狗崽来到荒凉的坟地上，她看见儿子仰卧在一块辣蓼草丛中，怀抱一双枫杨树鲜见的黑色胶鞋。狗崽睡着了，眼皮受惊似的颤动不已，小脸上的表情在梦中瞬息万变。狗崽的身上除了狗粪味又增添了新鲜精液的气味。蒋氏惶惑地抱起狗崽，俯视儿子，发现他已经很苍老。那双黑胶鞋被儿子紧紧抱在胸前，仿佛一颗灾星陨落在祖母蒋氏的家庭里。

一九三四年，枫杨树乡村向四面八方的城市输送二万株毛竹的消息，曾登在上海的《申报》上。也就是这一年，竹匠营生在我老家像三月笋尖般地疯长一气。起码有一半男人舍了田里的活计，抓起大头竹刀赚大钱。嗤啦嗤啦劈篾条的声音在枫杨树各家各户回荡，而陈文治的三百亩水田长上了稗草。我的枫杨树老家湮没在一片焦躁异常的气氛中。

这场骚动的起因始于我祖父陈宝年在城里的发迹。去城里运竹子的人回来说，陈宝年发横财了，陈宝年做的竹榻竹席竹筐甚至小竹篮小竹凳现在都卖好价钱，城里人都认陈记竹器铺的牌子。陈宝年盖了栋木楼。陈宝年左手右手都戴上金戒指，到堂子里去吸白面睡女人，临走就他妈的摘下金戒指朝床上扔哪。

祖母蒋氏听说这消息倒比别人晚。她曾经嘴唇白白地到处找人打听，她说，你们知道陈宝年到底赚了多少钱够买三百亩地吗？人们都怀着阴暗心理乜斜这个又脏又瘦的女人，一言不发。蒋氏发了会儿呆，又问，够买二百亩地吗？有人突然对着蒋氏窃笑，猛不丁回答，陈宝年说啦，他有多少钱花多少钱，一个铜板也不给你。

"那一百亩地总是能买的。"祖母蒋氏自言自语地说。她吁了口气，双手沿着干瘪的胸部向下滑，停留在高高凸起的腹部。她的手指触摸到我父亲的脑袋后便绞合在一起，极其温柔地托着那腹中婴儿。"陈宝年那狗日的。"蒋氏的嘴唇哆嗦着，她低首回想，陶醉在云一样流动变幻的思绪中。人们发现蒋氏枯槁的神情这时候又美丽又愚蠢。

其实我设想到了蒋氏这时候是一个半疯半痴的女人。蒋氏到处追踪进城见过陈宝年的男人,目光炽烈地扫射他们的口袋裤腰。"陈宝年的钱呢?"她嘴角蠕动着,双手摊开,幽灵般在那些男人四周晃来荡去。男人们挥手驱赶蒋氏时,胸中也燃烧起某种忧伤的火焰。

直到父亲落生,蒋氏也没有收到城里捎来的钱。竹匠们渐渐踩着陈宝年的脚后跟拥到城里去了。一九三四年是枫杨树竹匠们逃亡的年代,据说到这年年底,枫杨树人创始的竹器作坊已经遍及长江下游的各个城市了。

我想枫杨树的那条黄泥大路可能由此诞生。祖母蒋氏亲眼目睹了这条路由细变宽从荒凉到繁忙的过程。她在这年秋天手持圆镰守望在路边,漫无目的地研究那些离家远行者。这一年有一百三十九个新老竹匠挑着行李从黄泥大道上经过,离开了他们的枫杨树老家。这一年蒋氏记忆力超群出众,她几乎记住了他们每一个人的音容笑貌。从此黄泥大路像一条巨蟒盘缠在祖母蒋氏对老家的回忆中。

黄泥大路也从此伸入我的家史中。我的家族中人和枫杨树乡亲密集蚁行,无数双赤脚踩踏着先祖之地,向陌生的城市方向匆匆流离。几十年后,我隐约听到那阵叛逆性的脚步声穿透了历史,我茫然失神。老家的女人们,你们为什么无法留住男人同生同死呢？女人不该像我祖母蒋氏一样沉浮在苦海深处，枫杨树不该成为女性的村庄啊。

第一百三十九个竹匠是陈玉金。祖母蒋氏记得陈玉金是最后一个。她当时正在路边。陈玉金和他女人一前一后沿着黄泥大路疯跑。陈玉金的脖子上套了一圈竹篾，腰间插着竹刀逃，玉金的女人披头散发光着脚追。玉金的女人发出了一阵古怪的秋风般的呼啸声极善奔跑。她擒住了男人。然后蒋氏看见了陈玉金夫妻在路上争夺那把竹刀的大搏斗。蒋氏听到陈玉金女人沙哑的雷雨般的倾诉声。她说你这糊涂虫到城里谁给你做饭谁给你洗衣谁给你操你不要我还要呢你放手我砍了你手指让你到城里做竹器。那对夫妻争夺一把竹刀的早晨漫长得令人窒息。男的满脸晦气，女的忧愤满腔。祖母蒋氏崇敬地观望着黄泥大道上的这幕情景，心中潮湿得难耐。她挎起草篮准备回家时，听见陈玉金一声困兽咆哮，蒋氏回过头目击了陈玉金挥起竹刀砍杀女人的细节。寒光四溅中，有猩红的血火焰般蹿起来，斑驳迷离。陈玉金女人年轻壮美的身体迸发出巨响，仆倒在黄泥大路上。

那天早晨，黄泥大路上的血是如何洇成一朵莲花形状的呢？陈玉金女人崩裂的血气弥漫在初秋的雾霭中，微微发甜。我祖母蒋氏跳上大路，举起圆镰，跨过一片血泊，追逐杀妻逃去的陈玉金。一条黄泥大道在蒋氏脚下倾覆着下陷着,她怒目圆睁,踉踉跄跄跑着。她追杀陈玉金的喊声其实是属于我们家的,田里人听到的是陈宝年的名字。

"陈宝年……杀人精……抓住陈宝年……"

我知道一百三十九个枫杨树竹匠,都顺流越过大江,进入南方那些繁荣的城镇。就是这一百三十九个竹匠点燃了竹器业的火捻子,在南方城市里开辟了崭新的手工业。枫杨树人的竹器作坊水漫沙滩,渐渐掀起了浪头。一九三四年,我祖父陈宝年的陈记竹器店在城里蜚声一时。

我听说陈记竹器店荟萃了三教九流地痞流氓无赖中的佼佼者,具有同任何天灾人祸抗争的实力。那黑色竹匠聚集到陈宝年麾下,个个思维敏捷身手矫健一如入海蛟龙。陈宝年爱他们爱得要命,他依稀觉得自己拾起一堆肮脏的杂木劈柴,点点火,那火焰就蹿起来,使他无畏寒冷和寂寞。陈宝年在城里混到一九三四年,已经成为一名手艺精巧处世圆通的业主。他的铺子做了许多又热烈又邪门的生意,他的竹器经十八名徒子之手,全都沾上了辉煌的邪气,在竹器市场上锐不可当。

我研究陈记竹器铺的发迹史时,被那十八名徒子的黑影深深诱惑了。我曾经在陈记竹器铺的遗址附近,遍访一名绰号小瞎子的老人。他早在三年前死于火中。街坊们说小瞎子死时老态龙钟，他的小屋里堆满了多年的竹器，有天深夜那一屋子竹器突然就烧起来了，小瞎子被半米高的竹骸竹灰埋住，像一具古老的木乃伊。他是陈记竹器铺最后的光荣。

关于我祖父和小瞎子的交往，留下了许多逸闻供我参考。

据说小瞎子出身奇苦，是城南妓院的弃婴。他怎么长大的连自己也搞不清。他用独眼盯着人时，你会发现他左眼球里刻着一朵黯淡的血花。小瞎子常常带着光荣和梦想回忆那朵血花的由来。五岁那年，他和一条狗争抢人家楼檐上掉下来的腊肉。他先把腊肉咬在了嘴里，但狗仇恨的爪刺伸入了他的眼睛深处。后来他坐在自己的破黄包车上结识了陈宝年。他又谈起了狗和血花的往事，陈宝年听得怅然若失。对狗的相通的回忆把他们拧在一起，陈宝年每每从城南堂子出来，就上了小瞎子的黄包车，他们在小红灯的闪烁灼灼中，回忆了许多狗和人生的故事。后来小瞎子卖掉他的破黄包车，扛着一箱烧酒投奔陈记竹器铺拜师学艺。他很快就成为陈宝年第一心腹徒子，他在我们家族史的边缘，像一颗野酸梅孤独地开放。

一九三四年八月，陈记竹器店抢劫三条运粮船的壮举，就是小瞎子和陈宝年策划的。这年逢粮荒，饥馑遍蔽城市乡村。但是谁也不知道生意兴隆财源丰盛的陈记竹器为什么要抢三船糙米。我考察陈宝年和小瞎子的生平，估计这源于他们食不果腹的童年时代的粮食梦。对粮食有与生俱来的哄抢欲望，你就可能在一九三四年跟随陈记竹器铺跳到粮船上去。你们会像一百多名来自农村的竹匠一样，夹着粮袋潜伏在码头上等待三更月落时分。你们看见抢粮的领导者小瞎子第一个跳上粮船，口衔一把锥形竹刀，独眼血花鲜亮夺目，他将一只巨大的粮袋疯狂挥舞。你们也会呜啦跳起来拥上粮船，在一刻钟内掏光所有的糙米，把船民推进河中让他号啕大哭。这事情发生在半个世纪前的茫茫世事中，显得真实可信。我相信那不过是某种社会变故的信号，散发出或亮或暗的光晕。据说在抢粮事件后，城里自然形成了竹匠帮。他们众星捧月环绕陈宝年的竹器铺，其标志就是小巧而尖利的锥形竹刀。

值得纪念的就是这种锥形竹刀，在抢劫粮船的前夜，小瞎子借月光创造了它。状如匕首，可穿孔悬系于腰上，可随手塞进裤裆口袋。小瞎子挑选了我们老家的干竹，削制了这种暗器。他把刀亮给陈宝年看，"这玩意好不好，我给伙计们每人削一把。在这世上混到头就是一把刀吧。"我祖父陈宝年一下子就爱上了锥形竹刀。从此他的后半辈就一直拥抱着尖利精巧的锥形竹刀。陈宝年，陈宝年，你腰佩锥形竹刀混迹在城市里，都想到了世界的尽头吗？

乡下的狗崽有一天被一个外乡人喊到村口竹林里。那人是到枫杨树收竹子的。他对狗崽说陈宝年给他捎来了东西。在竹林里，外乡人庄严地把一把锥形竹刀交给狗崽。

"你爹捎给你的。"那人说。

"给我？我娘呢？"狗崽说。

"捎给你的，你爹让你挂着它。"那人说。

狗崽接过刀的时候，触摸了刀上古怪而富有刺激的城市气息。他似乎从竹刀纤薄的锋刃上，看见了陈宝年的面容，模模糊糊，但力度感很强。竹刀很轻，通体发着淡绿的光泽。狗崽在太阳地里端详着这神秘之物，把刀子往自己手心里刺了两下。他听见了血液被压迫的噼卟轻响，一种刺伤感使狗崽呜哇地喊了一声，随后他便对着竹林笑了。他怕别人看见，把刀藏在狗粪筐里掩人耳目地带回家。

这个夜晚，狗崽在月光下凝望着他父亲的锥形竹刀，久久不眠。农村少年狗崽愚拙的想象被竹刀充分唤起，沿着老屋的泥地汹涌澎湃。他想着那竹匠集居的城市，想象那里的房子大姑娘洋车杂货和父亲的店铺，嘴里不时吐出兴奋的呻吟。祖母蒋氏终于惊醒，她爬上狗崽的草铺，将充满柴烟味的手摸索着狗崽的额头。她感觉到儿子像一只发烧的小狗软绵绵地往她的双乳下拱。儿子的眼睛亮晶晶地睁大着，有两点古怪的锥形光亮闪灼。

"娘，我要去城里跟爹当竹匠。"

"好狗崽你额头真烫。"

"娘，我要去城里当竹匠。"

"好狗崽你别说胡话吓着亲娘你才十五岁手拿不起大头篾刀你还没娶老婆生孩子怎么能城里去城里那鬼地方好人去了黑心窝坏人去了脚底流脓头顶生疮你让陈宝年在城里烂了那把狗不吃猫不舔的臭骨头狗崽可不想往城里去。"蒋氏克制着浓郁的睡意絮絮叨叨，她抬手从墙上摘下一把晒干的薄荷叶，蘸上唾液贴在狗崽额上，重新将狗崽塞入棉絮里，又熟睡过去。

其实这是我家历史的一个灾变之夜。我家祖屋的无数家鼠在这夜警惕地睁大了红色眼睛，吱吱乱叫几乎应和了狗崽的每一声呻吟。黑暗中的茅草屋被一种深沉的节奏所摇撼。狗崽光裸的身子不断冒出灼热的雾气探出被窝，他听见了鼠叫，他专注地寻觅着家鼠们却不见其影，但悸动不息的心已经和家鼠们进行了交流。在家鼠突然间平静的一瞬，狗崽像梦游者一样从草铺上站起来，熟稔地拎起屋角的狗粪筐打开柴门。

一条夜奔之路洒满秋天醇厚的月光。

一条夜奔之路向一九三四年的纵深处化入。

狗崽光着脚耸起肩膀，在枫杨树的黄泥大道上匆匆奔走，四处萤火流曳，枯草与树叶在夜风里低空飞行，黑黝黝无限伸展的稻田回旋着神秘潜流，浮起狗崽轻盈的身子像浮起一条逃亡的小鱼。月光和水一齐漂流。狗崽回首遥望他的枫杨树村子正白惨惨地浸泡在九月之夜里。没有狗叫，狗也许听惯了狗崽的脚步。村庄阒寂一片，凝固忧郁，唯有许多茅草在各家房顶上迎风飘拂。像娘的头发一样飘拂着，他依稀想见娘和一群弟妹正挤在家中大铺上，无梦地酣睡，充满灰菜味的鼻息在家里流通交融。狗崽突然放慢脚步像狼一样哭嚎几声，又戛然而止。这一夜他在黄泥大道上，发现了多得神奇的狗粪堆。狗粪堆星罗棋布地掠过他的泪眼。狗崽就一边赶路一边拾狗粪，包在他脱下的小布褂里。走到马桥镇时，小布褂已经快被撑破了。狗崽的手一松，布包掉落在马桥桥头上，他没有再回头朝狗粪张望。

第二天早晨，我祖母蒋氏一推门就看见了石阶上狗崽留下的黑胶鞋。秋霜初降，黑胶鞋蒙上了盐末似的晶体，鞋下一摊水渍。从我家门前到黄泥大路，留下了狗崽的脚印,逶迤起伏,心事重重,十根脚趾印很像十颗悲伤的蚕豆。蒋氏披头散发地沿脚印呼唤狗崽,一直到马桥镇。有人指给她看桥头上的那包狗粪,蒋氏抓起冰冷的狗粪号啕大哭。她把狗粪扔到了围观者的身上,独自往回走。一路上她看见无数堆狗粪向她投来美丽的黑光。她越哭狗粪的黑光越美丽,后来她开始躲闪,闻到那气味就呕吐不止。

我会背诵一名陌生的南方诗人的诗。那首诗如歌如泣地感动我。去年父亲病重之际,我曾经背对着他的病床,给他讲了父亲和儿子的故事,在病房的药水味里诗歌最有魅力。

>   父亲和我
>   我们并肩走着
>   秋雨稍歇
>   和前一阵雨
>   像隔了多年时光
>
>   我们走在雨和雨
>   的间歇里
>   肩头清晰地靠在一起

却没有一句要说的话

　　我们刚从屋子里出来
　　所以没有一句要说的话
　　这是长久生活在一起
　　造成的
　　滴水的声音像折下一支
　　细枝条
　　父亲和我都怀着难言的
　　恩情安详地走着

我父亲听明白了。他耳朵一直很灵敏。看着我的背影，他突然琅琅一笑。我回过头，从父亲苍老的脸上，发现了陈姓子孙生命初期的特有表情：透明度很高的欢乐和雨积云一样的忧患。在医院雪白的病房里，我见到了婴儿时的父亲，我清晰地听见诗中所写的历史雨滴折下细枝条的声音。这一天，父亲大声对我说话，逃离了哑巴状态。我凝视他就像凝视婴儿一样，就是这样的我祈祷父亲的复活。

父亲的降生是否生不逢时呢？抑或是伯父狗崽的拳头

把父亲早早赶出了母腹。父亲带着六块紫青色胎记出世，一头钻入一九三四年的灾难之中。

一九三四年，枫杨树周围方圆七百里的乡村霍乱流行，乡景黯淡。父亲在祖传的颜色发黑的竹编摇篮里，感觉到了空气中的灾菌。他的双臂总是朝半空抓捏不止，啼哭声惊心动魄。祖传的摇篮盛载了父亲后，便像古老的二胡凄惶地叫唤。一家人在那种声音中，都变得焦躁易怒，儿女围绕那只摇篮爆发了无数战争。祖母蒋氏的产后生活昏天黑地。她在水塘里洗干净所有染上脏血的衣服，端着大木盆俯视她的小儿子，她发现了婴儿的脸上跳动着不规则的神秘阴影。

出世第八天，父亲开始拒绝蒋氏的哺乳。祖母蒋氏惶惶不可终日，她的沉重的乳房被抓划得伤痕累累。她怀疑自己的奶汁染上横行乡里的瘟疫变成哑奶了。蒋氏灵机一动，将奶汁挤在一只大海碗里喂给草狗吃。然后她捧着碗跟着那条草狗一直来到村外。渐渐地她发现狗的脑袋耷拉下来了，狗倒在河塘边。那是财东陈文治家的护羊狗，毛色金黄茸软。陈家的狗竭力地用嘴接触河塘水，却怎么也够不着。蒋氏听见狗绝望而狂乱的低吠声深受刺激。她砸碎大海碗，慌慌张张扣上一直敞开的衣襟，一路飞奔逃离那条垂死的狗。她隐约觉到自己哺育过八个儿女的双乳已经修炼成精，结满仇恨和破坏因子如今重如金石势不可挡了。她忽而又怀疑是自己的双乳向枫杨树乡村播撒了这场瘟疫。

祖母蒋氏夜里梦见自己裂变成传说中的灾女，浑身喷射毒瘴，一路哀歌，飘飘欲仙，浪游整个枫杨树乡村。那个梦持续了很长时间，蒋氏在梦中又哭又笑死去活来。孩子们都被惊醒，在黑暗中端坐在草铺上分析他们的母亲。蒋氏喜欢做梦。蒋氏不愿醒来。孩子们知道不知道？

父亲的摇篮有一夜变得安静了，其时婴儿小脸赤红，脉息细若游丝，他的最后一声啼哭唤来了祖母蒋氏。蒋氏的双眼恍惚而又清亮，仍然在梦中。她托起婴儿灼热的身体，像一阵轻风卷出我们家屋。梦中母子在晚稻田里轻盈疾奔。这一夜枫杨树老家的上空星月皎洁，空气中挤满胶状下滴的夜露。夜露清凉甜润，滴进焦渴饥饿的婴儿口中。我父亲贪婪地吸吮不停。他的岌岌可危的生命也被那几千滴夜露洗涤一新，重新爆出青枝绿叶。

我父亲一直认为，半个多世纪前，祖母蒋氏发明了用夜露哺育婴儿的奇迹。这永远是奇迹，即使是在我家族的苍茫神奇的历史长卷中也称得上奇迹。这奇迹使父亲得以啜饮乡村的自然精髓度过灾年。

后代们沿着父亲的生命线，可以看见一九三四年的乌黑的年晕。我的众多枫杨树乡亲未能逃脱瘟疫，一如稗草伏地。暴死的幽灵潜入枫杨树的土地深处呦呦狂鸣。天地间阴惨惨黑沉沉，生灵鬼魅浑然一体，仿佛巨大的浮萍群在死水里挣扎漂流，随风而去。祖母蒋氏的五个小儿女在三天时间里，加入了亡灵的队伍。

那是我祖上亲人的第一批死亡。

他们一字排在大草铺上，五张小脸经霍乱病菌烧灼后，变得漆黑如炭。他们的眼睛都如同昨日一样淡漠地睁着凝视母亲。蒋氏在我家祖屋里焚香一夜，袅袅升腾的香烟把五个死孩子熏出了古朴的清香。蒋氏抱膝坐在地上，为她的儿女守灵。她听见有一口大钟在冥冥中敲了整整一夜召唤她的儿女。等到第二天太阳出来，香烟从屋里散去后，蒋氏开始了殡葬。她把五个死孩子一个一个抱到一辆牛车上，男孩前仆女孩仰卧，脸上覆盖着碧绿的香粽叶。蒋氏把父亲缠绑在背上，就拉着牛车出发了。

我家的送葬牛车迟滞地在黄泥大道上前行。黄泥大道上，从头至尾散开了几十支送葬队伍。丧号昏天黑地响起来，震动一九三四年。女人们高亢的丧歌四起，其中有我祖母蒋氏独特的一支。她的丧歌里多处出现了送郎调的节拍，显得古怪而富有底蕴。蒋氏拉着牛车，找了很长很长时间，一直找不到合适的坟地。她惊奇地发现，黄泥大道两侧几乎成了坟茔的山脉，没有空地了，无数新坟就像狗粪堆一样在枫杨树乡村诞生。后来牛车停在某个大水塘边。蒋氏倚靠在牛背上，茫然四顾。她不知道是怎么走出浩荡的送葬人流的，大水塘墨绿地沉默，塘边野草萋萋没有人迹。她听见远远传来的丧号声若有若无地在各个方向萦绕，乡村沉浸在这种声音里，显得无边无际。晨风吹乱我祖母蒋氏的思绪，她的眼睛里渐渐浮满虚无的暗火。她抓住牛缰慢慢地拽拉朝水塘走去。赤脚踩在水塘的淤泥里，有一种冰凉的刺激使蒋氏嗷嗷叫了一声。她开始把她的死孩子一个一个地往水里抱，五个孩子沉入水底后，水面上出现了连绵不绝的彩色水泡。蒋氏凝视着那水泡双脚渐渐滑向水塘深处。这时缠在蒋氏背上的父亲突然哭了，那哭声仿佛来自天堂，打动了祖母蒋氏。半身入水的蒋氏回过头问父亲："你怎么啦，怎么啦？"婴儿父亲眼望苍天粗犷豪放地啼哭不止。蒋氏忽地瘫坐在水里，她猛然地揪着自己的头发朝南方呼号："陈宝年陈宝年你快回来吧。"

陈宝年在远离枫杨树八百里的城市中，怀抱猫一样的小女人环子，凝望竹器铺外面的街道。外面是一九三四年的城市。

我的祖父陈宝年回味着他的梦。他梦见五只竹篮从房梁上掉下来，蹦蹦跳跳扑向他，在他怀里燃烧。他被烧醒了。

他不想回家。他远离瘟疫，远离一九三四年的灾难。

我听说瘟疫流行期间，老家出现了一名黑衣巫师。他在马桥镇上，摆下摊子祛邪镇魔。从四面八方前来请仙的人群络绎不绝。祖母蒋氏背着父亲去镇上，亲眼目睹了黑衣巫师的风采。她看见一个身穿黑袍的北方汉子站在鬼头大刀和黄表纸间，觉得眼前一亮，浑身振奋。她在人群里拼命往前挤，挤掉了脚上的一只草鞋。她放开嗓子朝黑衣巫师喊：

"灾星，灾星在哪里？"

蒋氏的沙哑的声音淹没在嘈杂的人声中。那天数千枫杨树人向黑衣巫师磕拜求神，希望他指点流行乡里的瘟疫之源。巫师边唱边跳，舞动古铜色的鬼头大刀，刀起刀落。最后飞落在地上。蒋氏看见那刀尖渗出了血，指着黄泥大道的西南方向。你们看啊。人群一起踮足而立，遥望西南方向。只见远处的一片土坡蒸腾着乳白的氤氲。景物模糊绰约。唯有一栋黑砖楼如同巨兽蹲伏着，窥伺马桥镇上的这一群人。

黑衣巫师的话倾倒了马桥镇：

西南有邪泉
藏在玉罐里
玉罐若不空
灾病不见底

我的枫杨树乡亲骚动了。他们忧伤而悲愤地凝视西南方的黑砖楼，这一刻神奇的巫术使他们恍然觉悟。男女老少的眼睛都看见了从黑砖楼上腾起的瘟疫细菌，紫色的细菌虫正向枫杨树四周强劲地扑袭。他们知道邪泉四溢是瘟疫之源。

陈文治

陈文治　　　陈文治

陈文治　陈文治

祖母蒋氏在虚空中见到了被巫术放大的白玉瓷罐。她似乎听见了邪泉在玉罐里沸腾的响声。所有枫杨树人对陈文治的玉罐都只闻其声未见其物，是神秘的黑衣巫师让他们领略了玉罐的奇光异彩。这天祖母蒋氏和大彻大悟的乡亲们一起嚼烂了财东陈文治的名字。

枫杨树两千灾民火烧陈文治家谷场的序幕就是这样拉

一九三四年的逃亡　215

开的。事发后黑衣巫师悄然失踪，没人知道他去往何处了。在他摆摊的地方，一件汗迹斑斑的黑袍挂在老槐树上随风飘荡。

此后多年祖母蒋氏喜欢对人回味那场百年难遇的大火。她记得谷场上堆着九垛谷穗子。火烧起来的时候谷场上金光灿烂，喷发出浓郁的香味。那谷香熏得人眼流泪不止。死光了妻儿老小的陈立春在火光中发疯，他在九垛火山里穿梭蛇行，一边抹着满颊泪水一边模仿仙姑跳大神。众人一齐为陈立春欢呼跺脚。陈文治的黑砖楼惶恐万分。陈家人挤在楼上呼天抢地痛不欲生。陈文治干瘦如柴的身子在两名丫环的扶持下，如同暴风雨中的苍鹭，纹丝不动。那只日本望远镜已经碎裂了，他觑起眼睛仍然看不清谷场上的人脸。"我怎么看不清那是谁那是谁？"纵火者在陈文治眼里江水般地波动，他们把谷场搅成一片刺目的红色。后来陈文治在纵火者中，看到了一个背驮孩子的女人。那女人浑身赤亮形似火神，她挤过男人们的缝隙，爬到谷子垛上，用一根松油绳点燃了最后一垛谷子。

"我也点了一垛谷子。我也放火的。"祖母蒋氏日后对人说。她怀念那个匆匆离去的黑衣巫师。她认定是一场大火烧掉了一九三四年的瘟疫。

当我十八岁那年，在家中阁楼苦读毛泽东经典著作时，我把《湖南农民运动考察报告》与枫杨树乡亲火烧陈家谷场联系起来了。我遥望一九三四年化为火神的祖母蒋氏，我认为祖母蒋氏革了财东陈文治的命，以后将成为我家历史上的光辉一页。我也同祖母蒋氏一样，怀念那个神秘的伟大的黑衣巫师。他是谁？他现在在哪里呢？

枫杨树老家闻名一时的死人塘，在瘟疫流行后诞生了。

死人塘在离我家祖屋三里远的地方。那儿原先是个芦蒿塘，狗崽八岁时养的一群白鹅曾经在塘中生活嬉戏。考证死人塘的由来时，我很心酸。枫杨树老人都说，最先投入塘中的是祖母蒋氏的五个死孩子。他们还记得，蒋氏和牛车留在塘边的辙印是那么深，那么持久不消。后来的送葬人就是踩着那辙印去的。

埋进塘中的有十八个流浪在枫杨树一带的手工匠人。那是死不瞑目的亡灵，他们裸身合仆于水面上下，一片青色斑斓触目惊心，使酸甜的死亡之气冲天而起。据说死人塘边的马齿苋因而长得异常茂盛，成为枫杨树乡亲挖野菜的好地方。

每天早晨，马齿苋摇动露珠，枫杨树的女人们手拷竹篮朝塘边飞奔而来。她们沿着塘岸开始了争夺野菜的战斗。瘟疫和粮荒使女人们变得凶恶暴虐。她们几乎每天在死人塘边争吵殴斗。我的祖母蒋氏曾经挥舞一把圆镰，砍伤了好几个乡亲，她的额角也留下了一条锯齿般的伤疤。这条伤疤以后在她的生命长河里，一直放射独特的感受之光，创造祖母蒋氏的世界观。我设想一九三四年枫杨树女人们都蜕变成母兽，但多年以后她们会不会集结在村头晒太阳，温和而苍老，遥想一九三四年？她们脸上的伤疤将像纪念章一样感人肺腑，使枫杨树的后代们对老祖母肃然起敬。

我似乎看见祖母蒋氏背驮年幼的父亲奔走在一九三四年的苦风瘴雨中，额角上的锯齿形伤疤熠熠发亮。我的眼前经常闪现关于祖母和死人塘和马齿苋的画面，但我无法想见死人塘边祖母经历的诡谲痛苦。

我的祖母，你怎么来到死人塘边凝望死尸沉思默想的呢？乌黑的死水，掩埋了你的小儿女和十八个流浪匠人。塘边的野菜已被人与狗吞食一空。你闻到塘里甜腥的死亡气息，打着幸福的寒噤。那天是深秋的日子，你听见天边滚动着隐隐的闷雷。你的破竹篮放在地上，惊悸地颤动着预见灾难降临。祖母蒋氏其实是在等雨。等雨下来，死人塘边的马齿苋棵棵重新蹿出来。那顶奇怪的红轿子就是这时候出现在田埂上的。红轿子飞鸟般地朝死人塘俯冲过来。四个抬轿人脸相陌生面带笑意。他们放下轿子，走到祖母蒋氏身边，轻捷熟练地托起她。"上轿吧你这个丑女人。"蒋氏惊叫着在四个男人的手掌上挣扎，她喊："你们是人还是鬼？"四个男人笑起来，把蒋氏拎着像拎起一捆干柴塞入红轿子。

轿子里黑红黑红的。她觉得自己撞到了一个僵硬潮湿的身体上。轿子里飞舞着霉烂的灰尘和男人衰弱的鼻息声，蒋氏仰起脸看见了陈文治。陈文治蜡黄的脸上有一丝红晕疯狂舞蹈。陈文治小心翼翼地扶住蒋氏木板似的双肩说："陈宝年不会回来了，你给我吧。"蒋氏尖叫着用手托住陈文治双颊，不让那颗沉重的头颅向她乳房上垂落。她听见陈文治的心在绵软干瘪的胸腔中摇摆着，有气无力一如风中树叶。她的沾满泥浆的十指指尖深深扎进陈文治的皮肉里，激起一阵野猫似的鸣叫。陈文治的黑血汩汩流到蒋氏手上，他喃喃地说："你跟我去吧，我在你脸上也刺朵梅花痣。"一顶红轿子拼命地摇呀晃呀，虚弱的祖母蒋氏渐渐沉入黑雾红浪中昏厥过去。轿外的四个汉子听见一种苍凉的声音：

"我要等下雨，我要挖野菜啦。"

她恍惚知道自己被投入了水中，但睁不开眼睛。被蹂躏过的身子像一根鹅毛飘浮起来。她又听见了天边的闷雷声，雨怎么还不下呢？临近黄昏时，她睁开眼睛。她发现

一九三四年的逃亡　219

自己睡在死人塘里。四周散发的死者腐臭浓烈地黏在她半裸的身体上。那些熟悉或陌生的死者以古怪多变的姿态纠集在脚边,他们酱紫色的胴体迎着深秋夕阳熠熠闪光。有一群老鼠在死人塘里穿梭来往,仓皇地跳过她的胸前。蒋氏木然地爬起来,越过一具又一具行将糜烂的死尸。她想雨怎么还不下呢?雨大概不会下了,因为太阳在黄昏时出现了。稀薄而锐利的夕光泻入野地,刺痛了她的眼睛。蒋氏举起泥手捂住了脸。她一点也不怕死人塘里的死者,她想她自己已变成一个女鬼了。

爬上塘岸,蒋氏看见她的破竹篮里装了一袋什么东西。打开一看,她便向天呜呜哭喊了一声。那是一袋雪白雪白的粳米。她手伸进袋子,抓起一把塞进嘴里,性急地嚼咽起来。她对自己说,这是老天给我的,一路走一路笑,抱着破竹篮飞奔回家。

我发现了死人塘与祖母蒋氏结下的不解之缘,也就相信了横亘于我们家族命运的死亡阴影。死亡是一大片墨蓝的弧形屋顶,从枫杨树老家到南方小城覆盖祖母蒋氏的亲人。有一颗巨大的灾星追逐我的家族,使我扼腕神伤。

陈家老大狗崽于一九三四年农历十月初九抵达城里。

他光着脚走了九百里路，满面污垢长发垂肩，站在祖父陈宝年的竹器铺前。

竹匠们看见一个乞丐模样的少年把头伸进大门，颤颤巍巍的，汗臭和狗粪味涌进竹器铺。他把一只手伸向竹匠们，他们以为是讨钱，但少年紧握的拳头摊开了，那手心里躺着一把锥形竹刀。

"我找我爹。"狗崽说。说完他扶住门框降了下去。他的嘴角疲惫地开裂，无法猜度是要笑还是要哭。他扶住门框撒出一泡尿，尿水呈红色，冲进陈记竹器店，在竹匠们脚下汩汩流淌。

日后狗崽记得这天是小瞎子先冲上来抱起了他。小瞎子闻着他身上的气味不停地怪叫着。狗崽松弛地偎在小瞎子的怀抱里，透过泪眼凝视小瞎子，小瞎子的独眼神采飞扬，以一朵神秘悠远的血花诱惑了狗崽。狗崽张开双臂勾住小瞎子的脖子，长嘘一声，然后就沉沉睡去。

他们说狗崽初到竹器店，睡了整整两天两夜。第三天陈宝年抱起他在棉被上摔了三回才醒来。狗崽醒过来第一句话问得古怪："我的狗粪筐呢？"他在小阁楼上摸索一番，又问陈宝年："我娘呢，我娘在哪里？"陈宝年愣了愣，然后他掴了狗崽一记耳光，说："怎么还没醒？"狗崽捂住脸打量他的父亲。他来到了城市。他的城市生活这样开始了。

陈宝年没让狗崽学竹匠。他拉着狗崽让他见识了城里的米缸，又从米缸里拿出一只竹箕交给狗崽：狗崽你每天淘十箕米做大锅饭煮得要干城里吃饭随便吃的。你不准再偷我的竹刀，等你混到十八岁爹把十一件竹器绝活全传你。你要是偷这偷那的爹会天天揍你揍到十八岁。

狗崽坐在竹器店后门，守着一口熬饭的大铁锅。他的手里总是抓着一根发黄的竹篾，胡思乱想，目光呆滞，身上挂着陈宝年的油布围腰。一九三四年秋天的城市蒙着白茫茫的雾气，人和房屋和烟囱离狗崽咫尺之遥却又缥缈。狗崽手中的竹篾被折成一段一段的，掉在竹器店后门。他看见一个女的站在对面麻油店的台阶上朝这儿张望。她穿着亮闪闪的蓝旗袍，两条手臂光裸着叉腰站着。你分不清她是女人还是女孩，她很小又很丰满，她的表情很风骚但又很稚气。这是小女人环子在我家史中的初次出现。她必然出现在狗崽面前，两人之间隔着城市湿漉漉的街道和一口巨大的生铁锅。我想这就是一种具体的历史含义，小女人环子注定将成为我们家族的特殊来客，与我们发生永恒的联系。

"你是陈宝年的狗崽子吗？"

"你娘又怀上了吗？"

小女人环子突然穿越了街道，绕过大铁锅，蓝旗袍下旋起熏风花香，在我的画面里开始活动。她的白鞋子正踩踏在地上那片竹篾上，吱吱吱轻柔地响着。狗崽凝神望着地上的白鞋子和碎竹篾，他的血液以枫杨树乡村的形式在腹部以下左冲右突。他捂住粗布裤头，另一只手去搬动环子的白鞋。

"你别把竹篾踩碎了别把竹篾踩碎了。"

"你娘，她又怀上了吗？"环子挪动了她的白鞋，把手放在狗崽刺猬般的头顶上。狗崽的十五岁的身体在环子的手掌下草一样地颤动。狗崽在那只手掌下分辨了世界上的女人。她闭起眼睛，在环子的诱发下，想起乡下的母亲。狗崽说："我娘又怀上了快生了。"他的眼前隆起了我祖母蒋氏的腹部，那个被他拳头打过的腹部，将要诞生又一个毛茸茸的婴儿。狗崽颤索着目光，探究环子蓝布覆盖的腹部，他觉得那里柔软可亲，深藏了一朵美丽的花。环子有没有怀孕呢？

狗崽进入城市生活，正当我祖父陈宝年的竹器业飞黄腾达之时。每天有无数竹器堆积如山，被大板车运往河码头和火车站。狗崽从后门的大锅前溜过作坊，双手紧抓窗棂观赏那些竹器车。他看见陈宝年像鱼一样在门前竹器山周围游动，脸上掠过竹子淡绿的颜色。透过窗棂，陈宝年呈现了被切割状态。狗崽发现他的粗短的腿脚和发达的上肢是熟悉的枫杨树人，而陈宝年的黑脸膛已经被城市变了形，显得英气勃发略带一点男人的倦怠。狗崽发现他爹是一只烟囱在城里升起来了，娘一点也看不见烟囱啊。

我所见到的老竹匠们至今还为狗崽偷竹刀的事情所感动。他们说那小狗崽一见竹刀眼睛就发光，他对陈宝年祖传的大头竹刀喜欢得疯迷了。他偷了无数次竹刀，都让陈宝年夺回去了。老竹匠们老是想起陈家父子为那把竹刀四处追逐的场面。那时候陈宝年变得出乎寻常的暴怒凶残，他把夺回的大头竹刀背过来，用木柄敲着狗崽的脸部。敲击的时候，陈宝年眼里闪出我们家族男性特有的暴虐火光，侧耳倾听狗崽皮肉骨骼的碎裂声。他们说奇怪的是狗崽，他怎么会不怕竹刀柄，他靠着墙壁僵硬地站着迎接陈宝年，脸打青了连捂都不捂一下。没见过这样的父子没……

你说狗崽为什么老要偷那把

你再说说陈宝年为什么怕

    大头竹刀

     丢失呢

我从来没见过那把祖传的大头竹刀。我不知道。我只是想到了枫杨树人血液中竹的因子。我的祖父陈宝年和伯父狗崽假如都是一竿竹子，他们的情感假如都是一竿竹子，一切都超越了我们的思想。我无须进入前辈留下的空白地带，也可以谱写我的家史。我也将化为一竿竹子。

我只是喜欢那个竹子一样的伯父狗崽。我幻想在旧日竹器城里，看到陈记竹器铺的小阁楼。那里曾经住着狗崽和他的朋友小瞎子。阁楼的窗子在黑夜中会发出微弱的红光，红光来自他们的眼睛。你仰望阁楼时心有所动，你看见在人的头顶上还有人，他们在不复存在的阁楼上窥伺我们，他们悬在一九三四年的虚空中。

这座阁楼，透过小窗，狗崽对陈宝年的作坊一目了然。他的脸终日肿胀溃烂着，在阁楼的幽暗里，像一朵不安的红罂粟。他凭窗守望入夜的竹器作坊。他等待着麻油店的小女人环子的到来。环子到来，她总是把白鞋子拎在手里，赤脚走过阁楼下面的竹器堆，她像一只怀春的母猫，轻捷地跳过满地的竹器，推开我祖父陈宝年的房门。环子一推门，我家历史就涌入一道斑驳的光。我的伯父狗崽被那道光灼伤，他把受伤的脸贴在冰冷的竹片墙上摩擦。疼痛。"娘呢，娘在哪里？"狗崽凝望着陈宝年的房门，他听见了环子的猫叫声湿润地流出房门，浮起竹器作坊。这声音不是祖母蒋氏的她和陈宝年裸身盘缠在老屋草铺上时狗崽知道她像枯树一样沉默。这声音渐渐上涨，浮起了狗崽的阁楼。狗崽飘浮起来。他的双手滚水一样在粗布裤裆里沸腾。"娘啊，娘在哪里？"狗崽的身子蛇一样躁动缩成一团，他的结满伤疤的脸扭曲着，最后吐出童贞之气。

我现在知道了这座阁楼。阁楼上还住着狗崽的朋友小瞎子。我另外构想过狗崽狂暴手淫的成因。也许我的构想才是真实的。我的面前浮现出小瞎子独眼里的暗红色血花。我家祖辈世代难逃奇怪的性的诱惑。我想狗崽是在那朵血花的照耀下，模仿了他的朋友小瞎子。反正老竹匠们回忆一九三四年的竹器店阁楼上，到处留下了黄的白的精液痕迹。

我必须一再地把小瞎子推入我的构想中。他是一个模糊的黑点缀在我们家族伸入城市的枝干上，使我好奇而又迷惘。我的祖父陈宝年和伯父狗崽，一度都被他吸引，甚至延续到我。我在旧日竹器城寻访小瞎子时，几乎走遍了每一个老竹匠的家门。我听说他焚火而死的消息时，失魂落魄。我对那些老竹匠们说，我真想看看那只独眼啊。

继续构想。狗崽那年偷看陈宝年和小女人环子交媾的罪恶，是否小瞎子怂恿的悲剧呢？狗崽爬到他爹的房门上朝里窥望，他看见了竹片床上的父亲和小女人环子的两条白皙的小腿,他们的头顶上挂着那把祖传的大头竹刀。小瞎子说,你就看个稀奇千万别喊。但是狗崽趴在门板上,突然尖厉地喊起来:"环子,环子,环子啊!"狗崽喊着从门上跌下来。他被陈宝年揪进了房里。他面对赤身裸体脸色苍白的陈宝年一点不怕,但看见站在竹床上穿蓝旗袍的环子时,眼睛里滴下灼热的泪来。环子扣上蓝旗袍时,说:"狗崽你这个狗崽呀!"后来狗崽被陈宝年吊在房梁上吊了一夜,他面无痛苦之色,他只是看了看阁楼的窗子。小瞎子就在阁楼上关怀着被缚的狗崽。

小瞎子训练了狗崽十五岁的情欲。他对狗崽的影响已经到了出神入化的地步。我尝试着概括那种独特的影响和教育,发现那就是一条黑色的人生曲线。

```
           赚钱
   女人         女人
  出生          死亡
```

这条黑曲线缠在狗崽身上尤其强劲,他过早地悬在"女人"这个轨迹点上腾空了。传说狗崽就是这样得了伤寒。一九三四年的冬天,狗崽病卧在小阁楼上,数着从头上脱落的一根根黑发。头发上仍然残存着枫杨树狗粪的味道。他把那些头发理成一绺,穿进小瞎子发明的锥形竹刀的孔眼里，于是那把带头发缨子的锥形竹刀，在小阁楼上喷发了伤寒的气息。我祖父陈宝年登上小阁楼，总闻得见这种古怪的气息。他把手伸进狗崽肮脏而温暖的被窝，测量儿子的生命力，不由得思绪茫茫浮想联翩。在狗崽身上，重现了从前的陈宝年。陈宝年抚摸着狗崽日渐光秃的前额说："狗崽你病得不轻，你还想要爹的大头竹刀吗？"狗崽在被窝里沉默不语。陈宝年又说："你想要什么？"狗崽突然哽咽起来，他的身子在棉被下痛苦地耸动，"我快死了……我要女人……我要环子！"

陈宝年扬起巴掌又放下了。他看见儿子的脸上已经开始跳动死亡火焰。他垂着头逃离小阁楼时，还听见狗崽沙哑的喊声，我要环子环子环子。

这年冬天，竹匠们经常看见小瞎子背驮重病的狗崽，去屋外晒太阳。他俩穿过一座竹器坊撞开后门，坐在一起晒太阳。正午时分，麻油店的小女人环子经常在街上晾晒衣裳。一根竹竿上飘动着美丽可爱的环子的各种衣裳。城市也化作蓝旗袍淅淅沥沥洒下环子的水滴。小女人环子圆月般的脸露出蓝旗袍之外，顾盼生风，她格格笑着朝他们抖动湿漉漉的蓝旗袍。环子知道竹器店后门坐着两个有病的男人（我听说小瞎子从十八岁到四十岁一直患有淋病）。她就把她的雨滴风骚地甩给他们。

我对于一九三四年冬天是多么陌生。我对这年冬天活动在家史中的那些先辈毫无描绘的把握。听说祖父陈宝年也背着狗崽去晒过太阳。那么他就和狗崽一起凝望小女人环子晒衣裳了。这三个人隔着蓝旗袍互相凝望该是什么样的情景,一九三四年冬天的太阳照耀这三个人该是什么样的情景,我知道吗?

而结局我却是知道的。我知道陈宝年最后对儿子说:"狗崽我给你环子,你别死。我要把环子送到乡下去了。你只要活下去,环子就是你的媳妇了。"陈宝年就是在竹器店后门对狗崽说的。这天下午狗崽已经奄奄一息。陈宝年坐在门口,烧了一锅温水,然后把狗崽抱住,用锅里的温水洗他的头。陈宝年一遍遍地给狗崽擦美丽牌香皂,使狗崽头上的狗粪味消失殆尽,发出城市的香味。我还知道,这天下午小女人环子站在她的晾衣竿后面,绞扭湿漉漉的蓝旗袍,街上留下一摊淡蓝色的积水。

这么多年来,我父亲白天黑夜敞开着我家的木板门,他总是认为我们的亲人正在流浪途中,他敞开着门似乎就是为了迎接亲人的抵达。家中的干草后来分成了六垛。他说那最小的一垛是给早夭的哥哥狗崽的,因为他从来没见过哥哥狗崽,但狗崽的幽魂躺到我家来,会不会长得硕大无朋呢？父亲说人死后比活着要大得多。父亲去年进医院之前，就在家里分草垛，他对我们说最大的草垛是属于祖母蒋氏和祖父陈宝年的。

我在边上看着父亲给已故的亲人分草垛，分到第六垛时，他很犹豫，他捧着那垛干草，不知道往哪里放。

"这是给谁的？"我说。

"环子。"父亲说，"环子的干草放在哪儿呢？"

"放在祖父的旁边吧。"我说。

"不。"父亲望着环子的干草。后来他走进他的房间去了。我看见父亲把环子的干草塞到了他的床底下。

环子这个小女人如今在哪里？我家的干草一样在等待她的到达。她是一个城里女人。她为什么进入了我的枫杨树人的家史？我和父亲都无法诠释。我忘不了的是这垛复杂的干草的意义。你能说得清这垛干草为什么会藏到我父亲的床底下吗？

枫杨树的老人们告诉我，环子是在一个下雪的傍晚，出现在马桥镇的。她的娇小的身子被城里流行的蓝衣裳包得厚厚实实，快乐地跺踏着泥地上的积雪。有一个男人和环子在一起。那男人戴着狗皮帽和女人的围巾深藏起脸部，只露出一双散淡的眼睛。有人从男人走路的步态上，认出他是陈宝年。

这是枫杨树竹匠中最为隐秘的回乡。明明有好多人看见陈宝年和环子坐在一辆独轮车上往家赶，后来却发现回乡的陈宝年在黄昏中消失了。

我祖母蒋氏站在门口，看着小女人踩着雪走向陈家祖屋。环子的蓝旗袍在雪地上泛出强烈的蓝光，刺疼了蒋氏的眼睛。两个女人在五十年前初次谈话的声音，现在清晰地传入我耳中。

"你是谁？"

"我是陈宝年的女人。"

"我是陈宝年的女人，你到底是谁？"

"你这么说，我不知道自己是谁了。我怀孕了，是陈宝年的孩子。他把我赶到这里来生。我不想来，他就把我骗来了。"

"你有三个月了，我一眼就看出来了。"

"你今年生过了吗？我带来好多小孩衣裳给你一点吧。"

"我不要你的小孩衣裳你把陈宝年的钱带来了吗？"

"带来了好多钱。这些钱上都盖着陈宝年的红印呢，你看看。"

"我知道他的钱都盖红印的，他今年没给过我钱，秋天死了五个孩子了。"

"你让我进屋吧,我都快冻死了,陈宝年他不想回来。"

"进屋不进屋其实都一样冷,是他让你来乡下生孩子的吗?"

(我同时听到了陈宝年在祖屋后面踏雪的脚步声陈宝年也在听吗?)

环子踏进我家,首先看见六股野艾草绳从墙上垂下来,缓缓燃烧着,家里缭绕着清苦的草灰味。环子指着草绳说:"那是什么?"

"招魂绳。人死了,活着的要给死人招魂,你不懂吗?"

"死了六个儿女吗?"

"陈宝年也死了。"蒋氏凝视着草绳半晌,走到屋角的摇篮边,抱起她的婴儿,她微笑着对环子说,"只活了一个,其他人都死了。"

活着的婴儿就是我父亲。当小女人环子朝他俯下脸来时,城市的气味随之抚摸了他的小脸蛋。婴儿翕动着嘴唇欲哭未哭,一刹那间,又绽开了最初的笑容。父亲就是在环子带来的城市气味中学会笑的。他的小手渐渐举起来,触摸环子的脸。环子的母性被充分唤醒,她尖叫着颤抖着张开嘴咬住了婴儿的小手,含糊不清地说:"我多爱孩子我做梦梦见生了个男孩就像你小宝宝啊。"

追忆祖母蒋氏和小女人环子在同一屋顶下的生活,是我谱写家史的一个难题。我的五代先祖之后从没有一夫多妻的现象,但是枫杨树乡亲告诉我,那两个女人确实在一起度过了一九三四年的冬天。环子的蓝衣裳常洗常晒,在我家祖屋上空飘扬。

他们说怀孕的环子抱着婴儿时期的父亲,在枫杨树乡村小路上走,她的蓝棉袍下的腹部已经很重了。环子是一个很爱小孩的城里女人,她还爱树里东一条西一条的家狗野狗,经常把嘴里嚼着的口香糖扔给狗吃。你不知道环子抱着孩子怀着孩子想到哪里去,她总是在出太阳的时间里徜徉在村子里,走过男人身边时丢下妖媚的笑。你们看见她渐渐走进幽深的竹园,一边轻拍着婴儿唱歌,一边惶惑地环视冬天的枫杨树乡村。环子出现在竹园里时,路遇她的乡亲都发现环子酷似我死去的姑祖母凤子。她们两个被竹叶掩映的表情神态有惊人的相似之处。

环子和凤子是我家中最美丽的两个女人。可惜她们没有留下一张照片,我无法判断她们是否那么相似。她们都是我祖父陈宝年羽翼下的丹凤鸟。一个是陈宝年的亲妹妹,另一个本不是我的族中亲人,她是我祖父陈宝年的女邻居，是城里麻油店的老板娘，她到底是不是姑祖母凤子的姐妹鸟？我的祖父陈宝年，你要的到底是哪只鸟？这一切后代们已无从知晓。

我很想潜入祖母蒋氏乱石密布的心田，去研究她给环子做的酸菜汤。环子在我家等待分娩的冬天里，从我祖母蒋氏手里接过了一碗又一碗酸菜汤，一饮而尽。环子咂着嘴唇对蒋氏说："我太爱喝这汤了。我现在只能喝这汤了。"蒋氏端着碗，凝视环子渐渐隆起的腹部，目光有点呆滞，她不断地重复着说："冬天了，地里野菜也没了，只有做酸菜汤给你吃。"

酸菜腌在一口大缸里。环子想吃时，就把手伸进乌黑的盐水里捞酸菜，抓在手里吃。有一天环子抓了一把酸菜，突然再也咽不下去了。她的眼睛里沁出泪来，猛地把酸菜摔在地上，跺脚哭喊起来："这家里为什么只有酸菜酸菜啊。"

祖母蒋氏走过来，捡起那把酸菜放回大缸里，她威严地对环子说："冬天了，只有酸菜给你吃。你要是不爱吃，也不能往地上扔。"

"钱呢，陈宝年的钱呢？"环子说，"给我吃点别的吧。"

"陈宝年的钱没了。我给陈宝年买了两亩地。陈家死的人太多，连坟地也没有。人不吃菜能活下去，没有坟地就没有活头了。"

环子在祖母蒋氏古铜般的目光中，抱住自己的哭泣的脸。她感觉到脸上的肌肤已经变黄变粗糙了，这是陈宝年的老家给予她的惩罚。哭泣的环子第一次想到她这一生的悲剧走向。她轻轻喊着，陈宝年陈宝年你这个坏蛋，重又走向腌酸菜的大缸。她绝望地抓起一把酸菜往嘴里塞，杏眼圆睁着嚼咽那把酸菜，直到腹中产生一阵强烈的反胃，哇哇巨响。环子从她的生命深处开始呕吐，吐出一条酸苦的黑色小溪，溅上她的美丽的蓝棉袍。

我知道环子到马桥镇上卖戒指换猪肉的事，就发生在那回呕吐之后。据说那是祖父送给她的一只金方戒，她毫无怜惜之意地把它扔在肉铺柜台上，抓起猪肉离开马桥镇。那是镇上人第二次看见城里的小女人环子。都说她瘦得像只猫，走起路来仿佛撑不住怀孕三个月的身子。她提着那块猪肉走在横贯枫杨树的黄泥大道上，路遇年轻男人时，仍然不忘她城里女人的媚眼。我已经多次描摹过黄泥大道上紧接着长出一块石头，那块石头几乎是怀有杀机地绊了环子一下，环子惊叫着怀孕的身体像倒木一样飞了出去。那块猪肉也飞出去了。环子的这声惊叫响彻暮日下的黄泥大道，悲凉而悠远。在这一瞬间，她似乎意识到从天而降的灾难指向她的腹中胎儿，她倒在荒凉的稻田里，双手捂紧了腹部，但还是迎来了腹部的巨大的疼痛感。她明确无误地感觉了腹中小生命的流失。她突如其来地变成一个空心女人。环子坐在地上，虚弱而尖利地哭叫着，她看着自己的身子底下荡漾开一潭红波。她拼命掬起流散的血水，看见一个长着陈家方脸膛的孩子在她手掌上停留了短暂一瞬，然后轻捷地飞往枫杨树的天空，只是一股青烟。

流产后的小女人环子埋在我家的草铺上，呜咽了三天三夜。环子不吃不喝，三天三夜里失却了往日的容颜。我祖母蒋氏照例把酸菜汤端给环子，站在边上观察痛苦的城里女人。环子枯槁的目光投在酸菜汤里，一石激起千层浪。她似乎从乌黑的汤里发现了不寻常的气味，她觉得腹中的胎儿就是在酸菜汤的浇灌下渐渐流产的，猛然如梦初醒：

"大姐，你在酸菜汤里放了什么？"

"盐，怀孩子的要多吃盐。"

"大姐，你在酸菜汤里放了什么把我孩子打掉了？"

"你别说疯话。我知道你到镇上割肉摔掉了孩子。"

环子爬下草铺，死死拽住了祖母蒋氏的手，仰望蒋氏不动声色的脸。环子摇晃着蒋氏喊："摔一跤摔不掉三个月的孩子,你到底给我吃什么了,你为什么要算计我的孩子啊?"

我祖母蒋氏终于勃然发怒,她把环子推到了草铺上,然后又扑上去揪住环子的头发,你这条城里的母狗你这个贱货你凭什么到我家来给陈宝年狗日的生孩子。蒋氏的灰暗的眼睛一半是流泪的,另一半却燃起博大的仇恨火焰。她在同环子厮打的过程中断断续续地告诉环子:"我不能让你把孩子生下来……我有六个孩子生下来长大了都死了……死在娘胎里比生下来好……我在酸菜汤里放了脏东西,我不告诉你是什么脏东西……你不知道我多么恨你们……"

其实这些场面的描写我是应该回避的。我不安地把祖母蒋氏的形象涂抹到这一步,但面对一九三四年的家史我别无选择。我怀念环子的未出生的婴儿,如果他(她)能在我的枫杨树老家出生,我的家族中便多了一个亲人,我和父亲便多了一份思念和等待,千古风流的陈家血脉也将伸出一条支流,那样我的家史是否会更增添丰富的底蕴呢?

环子的消失如同她的出现,给我家中留下了一道难愈的伤疤,这伤疤将一直溃烂到发酵,漫漫无期,我们将忍痛舔平这道伤疤。

环子离家时,掳走了摇篮里的父亲。她带着陈家的婴儿从枫杨树乡村消失了,她明显地把父亲作为一种补偿带走了。女人也许都这样,失去什么补偿什么。没有人看见那个掳走陈家婴儿的城里女人,难道环子凭借她的母爱长出了一双翅膀吗?

我祖母蒋氏追踪环子和父亲追了一个冬天。她的足迹延伸到长江边才停止。那是她第一次见到长江。一九三四年冬天的江水浩浩荡荡,恍若洪荒时期的开世之流。江水经千年沉淀的浊黄色像钢铁般的势大力沉,撞击着一位乡村妇女的心扉。蒋氏拎着她穿破的第八双草鞋,沿江岸踯躅,乱发随风飘舞,情感旋入江水,仿佛枯叶飘零。她向茫茫大江抛入她的第八双草鞋,就回头了。祖母蒋氏心中的世界边缘就是这条大江。她无法逾越这条大江。

我需要你们关注祖母蒋氏的回程,以了解她的人生归宿。她走过一九三四年漫漫的冬天,走过五百里的城镇乡村,路上已经脱胎换骨。枫杨树人记得蒋氏回来已经是年末了。马桥镇上人家都挂了纸红灯,迎接一九三五年。蒋氏两手空空地走过那些红灯,疲惫的脸上有红影子闪闪烁烁的。她身上脚上穿的都是男人的棉衣和鞋子,腰间束了一根草绳。认识蒋氏的人问:"追到孩子了吗?"蒋氏倚着墙，竟然朝他们微笑起来，"没有，他们过江了。""过了江就不追了吗？""他们到城里去了，我追不上了。"

祖母蒋氏在一九三五年的前夕走回去，面带微笑渐渐走出我的漫长家史。她后来站在枫杨树西北坡地上，朝财东陈文治的黑砖楼张望。这时有一群狗从各个角落跑来，围着蒋氏嗅闻她身上的陌生气息。冬天已过，枫杨树的狗已经不认识蒋氏了。蒋氏挥挥手赶走那群狗，然后她站在坡地上，开始朝黑砖楼高喊陈文治的名字。

陈文治被蒋氏喊到楼上，他和蒋氏在夜色中遥遥相望，看见那个女人站在坡地上，像一棵竹子摇落纷繁的枝叶。陈文治预感到，这棵竹子会在一九三四年底逃亡，植入他的手心。

"我没有了——你还要我吗——你就用那顶红轿子来抬我吧——"

陈文治家的铁门在蒋氏的喊声中嘎嘎地打开，陈文治领着三个强壮的身份不明的女人，抬着一顶红轿子出来，缓缓移向月光下的蒋氏。那支抬轿队伍是历史上鲜见的，但是我祖母蒋氏确实是坐着这顶红轿子进入陈文治家的。

……

就这样我得把祖母蒋氏从家史中渐渐抹去。我父亲对我说，他直到现在还不知道她叫什么名字。他关于母亲的许多记忆也是不确切的,因为一九三四年他还是个婴儿。

但是我们家准备了一垛最大的干草,迎接陈文治家的女人蒋氏再度抵达这里。父亲说她总会到来的。

祖母蒋氏和小女人环子星月辉映,养育了我的父亲,她们都是我的家史里浮现的最出色的母亲形象。她们或者就是两块不同的陨石,在一九三四年碰撞,撞出的幽蓝火花就是父亲就是我就是我们的儿子孙子。

我们一家现在居住的城市就是当年小女人环子逃亡的终点,这座城市距离我的枫杨树老家有九百里路。我从十七八岁起,就喜欢对这座城市的朋友说:"我是外乡人。"

我讲述的其实就是逃亡的故事。逃亡就是这样早早地发生了,逃亡就是这样早早地开始了。你等待这个故事的结束时,还可以记住我祖父陈宝年的死因。

**附:关于陈宝年之死的一条秘闻**

一九三四年农历十二月十八夜,陈宝年从城南妓院出来,有人躲在一座木楼顶上,向陈宝年倾倒了三盆凉水。陈宝年被袭击后,朝他的店铺拼命奔跑,他想跑出一身汗来,但是回到竹器店时,浑身结满了冰,就此落下暗病。年底丧命,死前紧握祖传的大头竹刀。陈记竹器店店主就此易人。现店主是小瞎子。城南的妓院中漏出消息说，倒那三盆凉水的人就是小瞎子。

我想以祖父陈宝年的死亡给我的家族史献上一只硕大的花篮。我马上将提起这只花篮走出去，从深夜的街道走过，走过你们的窗户。你们如果打开窗户，会看到我的影子投在这座城市里，飘飘荡荡。

谁能说出来那是个什么影子？

（1987年）

**图书在版编目（ＣＩＰ）数据**

罂粟之家 / 苏童著. -- 上海：上海文艺出版社，2025. -- （苏童作品系列）. -- ISBN 978-7-5321-9157-4

Ⅰ．I247.5

中国国家版本馆CIP数据核字第2025K7L558号

责任编辑：李　霞
营销编辑：如乃尔
责任印制：周剑明
装帧设计：观止堂·未氓

| | |
|---|---|
| 书　　　名： | 罂粟之家 |
| 作　　　者： | 苏　童 |
| 出　　　版： | 上海世纪出版集团　　上海文艺出版社 |
| 地　　　址： | 上海市闵行区号景路159弄A座2楼　201101 |
| 发　　　行： | 上海文艺出版社发行中心 |
| | 上海市闵行区号景路159弄A座2楼206室　201101　www.ewen.co |
| 印　　　刷： | 苏州市越洋印刷有限公司 |
| 开　　　本： | 1092×787　1/32 |
| 印　　　张： | 7.625 |
| 插　　　页： | 5 |
| 字　　　数： | 128,000 |
| 印　　　次： | 2025年5月第1版　2025年5月第1次印刷 |
| ＩＳＢＮ： | 978-7-5321-9157-4/I.7196 |
| 定　　　价： | 55.00元 |

告　读　者：如发现本书有质量问题请与印刷厂质量科联系　T:0512-68180628